【茅盾珍档手迹】

日记 1963年

◇茅盾著

桐乡市档案局(馆)编

浙江大学出版社
ZHEJIANG UNIVERSITY PRESS

前言

茅盾（一八九六—一九八一），本名沈德鸿，字雁冰，浙江桐乡乌镇人。他是我国二十世纪文学史上的著名小说家、批评家，其创作以史诗性的气魄著称，代表作包括长篇小说《子夜》、短篇小说《林家铺子》等。新中国成立后，他担任中央人民政府文化部长职务，主编《人民文学》杂志，当选为历届全国人民代表大会代表、历届政协全国委员会常务委员和第四、五届全国委员会副主席。在茅盾逝世追悼会上，中共中央的悼词称茅盾『是在国内外享有崇高声望的革命作家、文化活动家和社会活动家。他同鲁迅、郭沫若一起，为我国革命文艺和文化运动奠定了基础』。正由于茅盾具有这样的历史成就和历史地位，有关他的档案资料也就成了我们国家一份极其珍贵的文化遗产。

近年来，我们桐乡市档案局（馆）在征集名人档案的过程中，走访了茅盾之子韦韬先生。韦韬先生认为，把家中尚有的茅盾档案资料全部保存到家乡的档案馆，一是放心，二是可以让更多的人到档案馆进行查阅和利用。因此，在经过全面整理后，他向桐乡市档案馆无偿捐赠了茅盾的档案资料。这些档案资料中，有茅盾小说、诗词、回忆录、文艺评论的创作手稿以及笔记、杂抄、古诗文注释、书信、日记、译稿等原件，还有茅盾的原始讲话录音、照片等。

档案是人类认识世界和改造世界的历史记录。借助档案，人们可以了解过去，把握现在，预见未来。我们认识到，利用好这批珍贵的茅盾档案资料，让它通过各种形式为社会服务，对促进茅盾生平、思想及其作品的研究，促进我国革命文艺和文化运动的研究，对陶冶人们的高尚情操，促进社会主义和谐文化建设，都具有十分重要的意义。同时，茅盾的作品手稿，有钢笔字、毛笔字、铅笔字，字体隽秀、飘逸，笔力苍劲、潇洒，如同一幅幅精美的书法，是不可多得的艺术珍品。为此，我们桐乡市档案局（馆）在征得韦韬先生同意后，决定精心选择部分茅盾档案资料，陆续编辑出版『茅盾珍档手迹』系列丛书。

本册收录了茅盾一九六三年的日记手稿。

编辑出版茅盾的档案资料，是我们桐乡市档案局（馆）开展档案编研工作，利用档案为现实服务的新的尝试。这项工作，得到了韦韬先生、中共桐乡市委、桐乡市人民政府和浙江大学出版社的大力支持，我们在此表示衷心的感谢！

桐乡市档案局（馆）

二〇一一年六月八日

目录

一九六三年一月一日，晴，东风，三度、〇下九度。

今晨五时醒后再朦睡，朦胧至七时起身。做清洁工作半小时，九时全家至琴秋家，十时至之華家。十时半返家。阅报。中午小睡一小时。下午阅参资。处理杂事。四时十五分赴人大，刘主席及夫人在安徽厅欢宴锡兰总理，我等作陪。九时许席散返家。服药二枚，阅书刊至十一时许入睡。

一月二日，晴，昨夜风仍东风，

五级风势稍杀，午间转大。五度、○下七度、
今晨三时醒一次，后来屡醒，六时四十分起身。做清洁工作七时。上午阅报、参资、处理杂事。中午小睡一小时。下午三时三十分赴机场，参加欢迎苏班特里亚（即印尼第一副总理兼外长）、五时返家。六时出席古巴大使为古巴革命胜利四周年举行之招待会。七时半赴人大宴会厅，参加周总理、陈外长为欢迎苏班特里亚（又出席为锡总理举行之晚会）举行之宴会。九时散。返家，服药三粒、

阅參資，至十二时許入睡。

一月三日，晴，晨风止，中午轉大，塵土蔽天。十度。○下四度。

今晨二时醒一次，五时許又醒，此后即未能熟睡，六时半起身，做清洁工作半小时。上午阅報、參資。中午小睡一小时。下午处理雜事。五时四十分赴人大會討溫應錫總理為答謝周總理舉行之宴會。十时返家。服藥二枚，阅书至十二时入睡。

一月四日，晴，晨七时起，大风，（昨夜无风），終日不止，入晚稍小。九度。○下三度。

今晨三时醒一次，四时在六时五十分起身前又醒过两次。做清洁工作至十时，上午阅报、参资，处理杂公事。中午十一时睡一小时。下午二时半赴人大小礼堂，陪印尼副首席部长兼外交部长苏班特里约观喷泉。五时许返家，六时赴缅甸国庆招待会，七时半赴印度尼西亚大使为苏班特里约举行之宴会，并在人大宴会厅。十时许返家，服药二枚，阅书到十二时半，未能入睡，因又加服红囊胶(Sod. Seconal 0.1)

一枚，于翌晨二时许入睡。

一月十五日，晴，东风克日，入晚稍敛，六度，○下七度。

今晨五时半醒来，即起身，做清洁。九时。八时半赴机场参加欢迎锡兰总理、印尼外长，十时返家，阅报，参谊。中午小睡一小时。处理杂事。下午晚阅书至九时，服药二枚，十时半入睡。

一月十六日，晴，东风克日，○下四度，○下十二度。

今晨五时许醒一次，随即五时

酣睡，但们仍睡到七时半起身，做清洁工作半小时。九时理发，十时返家，阅报、参资，中午小睡一小时许，下午阅书，处理杂事。今日为星期。晚阅电视一小时，又阅书到九时，做摩之按，十时半入睡。

一月十日，晴，仍有风竟日，三度。0下十二度。入晚风止。今晨五时许醒一次，后又朦胧到七时许起身，做清洁工作半小时。上午阅报、参资、处理杂事。中午小睡一小时，下午阅

书霞信、晚阅书至九时服药
二枚，但至十一时未能入睡，加服
[illegible]另一者一枚，於十二时半入
睡。
一月八日，晴，小风，四度，〇下
九度。
昨夜虽服安眠药加倍，而仍然
不能多睡，今晨五时许醒来，又
不能再睡，计仅睡四小时许耳。
倦甚。躺至七时才起身，做清
洁工作半小时。上午阅報、参资，
处理办公事。中午小睡一小时。
下午阅书。晚阅电视至九时，又

阅书至十时，服药二枚，于十一时半入睡。

一月九日，晴，午后有风，入晚更大，五度，夜下四度。

今晨三时醒一次，五时再睡，不能再睡，七时许起身，做清洁工作半小时。上午处理邮件，阅报、参消。中午小睡一小时，下午阅书。晚阅电视至八时，又阅书至十时服药二枚，十二时半方始入睡。

从今天起，又没有女仆了。那个女仆共做了两个月。

一月十日，晴，大风，一度、〇下十度。

今晨五时许醒一次，后又睡至七时起身，做清洁工作半小时。上午写札记，阅报，参资，处理邮件事。中午小睡一小时，下午阅书，处理杂事。晚六时赴人大三楼礼堂看成都川剧院演出之《战王归国》等折子戏，十时许返家，服药二枚，阅书至十二时半入睡。

一月十一日，晴，有风，不大。〇度、〇下十三度。

今晨三时醒一次，旋即未能酣睡。大约四时、五时又醒一次，五时后不能再睡，五时半起身。做操，作半小时。上午写札记一小时。阅报、参资。中午未能睡，只朦胧片刻。下午处理杂公事。三时十分赴人大会堂，彭真於三时半作时事报告。听众万余人，其中有各民主党派北京开会之人。（各民主党派中共举行会议已将半月）。五时返家。晚阅电视半小时，又阅书至九时，服药二枚，於十时半入睡。

一月十三日，晴，如昨。

今晨五时许醒来，计已连续睡了七时半，故未敢再睡，但仍觉到异常倦怠，做了时半起身，做清洁工作半小时。上午九时，副部长和司局长来汇报。十二时完。中午小睡一小时。下午处理杂公事，覆信，阅报，参资。晚在本部小放映室看英国片青年的恋人。此为反共片，但手法高明，一般政治嗅觉不灵敏的观众还以为它态度公平，因为它对美、英各打二十大板也。它且片中对美則明写美國大使館，对苏則不指名而言某〻使館，似影射苏联的一个衛星國，而此衛星國之公使則奉命一个不明身分的大漢，此人相貌一見則知為俄人。片中無一反共、反蘇之言，僅写公使之女與美大使一職員在戲院中相識，旋即相愛，但為双方之上級所知，嚴加監視，偷聽電話，禁止出入，最後則双方均勒命女若男者回國，但男竟在被押上車之前脫網並設法跳上女所乘之大車，避过女的監視人的耳目，

与女脱逃。十时返家，服药二枚，
阅书至十二时许入睡。
一月十三日，晴，有风，五度、
〇下七度、星期、
今晨五时许醒后未能酣睡，
朦胧至七时半起身，做清洁
工作半小时，上午覆信，阅报、
参资。中午十二时半小睡。下午阅书。
晚阅电视京剧桃花扇，未及
半，又阅书至十时服药二枚，
十二时许入睡。
一月十四日，晴，如昨。
今晨四时醒后，五时又醒，

此次即未能熟睡，八时三刻起身，做清洁工作半小时。上午写札记、阅报、参资。中午小睡一小时。下午，阅书，处理杂事。六时赴北京饭店统战部之宴会，八时许返家。阅书至十时服药二枚，翌日晨一时许入睡。

一月十五日，晴，有风，三、四级，二度，〇下，二度。

凌晨四时即醒，才睡三小时，但已不能再熟睡矣。此次仅朦胧一小时许，六时三刻不得不起身，背痛，腰酸，口苦。引犹疼疼然。做清洁工作半小时。

上午作札记、阅报、参资。中
午小睡一小时。下午处理杂公
事。覆信。阅书。晚阅电视
一小时。十时服药二枚，十一时许
入睡。
一月十三日，晴，有风。〇度。
〇下十度。
今晨四时许醒，后又睡，六时再
醒，六时半起身。做清洁工作
半小时。上午阅报、参资、处理
杂公事。中午小睡一小时。下午
覆信，阅书。晚阅电视至九时，
服药二枚，又阅书至十一时入睡。

一月十七日，晴，大風竟日，0下一度，0下十度。

今日五时醒，次，函又朦胧一小时许，六时半起身。做清洁工作半小时。处理郭可事、阅報、参資。十二时赴朝鮮大使之午宴，二时返家。同席有朝鮮文化藝术代表团团長（该团即将歸國）、师华若、师政祥、徐平羽、罗俊、欧陽山尊。另三桌为朝代表团团员及我方演出红色宣傳員之導演、主要演员等。

下午阅书。晚阅電視一小时。

又阅书至十时，服药二枚，十二时许入睡。

一月十六日，晴，上午大风，午后稍煞，入晚渐中。○下二度○下十二度。

昨夜狂风不止，桌上积土厚，晨三时醒一次，五时又醒，六时半又醒，即起身。做清洁工作半小时。处理杂公事。九时半赴机场，迎加纳司法部长一行也；原定飞机十时到，但因风大，延到二十多分。十二时返抵家，阅报，中午小睡半小时。阅参资。

閱书。晚六时赴大會堂宴
會。融秀、加陳副總理為加納
代表團舉行之宴會。八时至
三樓小礼堂為加納客人演出
淚泉。十一时返家。服藥二枚
又閱书至十二时半入睡。

一月十九日。晨大雾，后晴。
東风五无风。〇下二度、〇下十三度。
今晨五时许醒后不能再睡。
仅朦胧若干时。七时起身。做
清洁工作半小时。九时部务會
議。十一时半完。中午小睡一小
时。但不酣。实為半睡半醒状

照，閱报，参資。三时十五分赴飛机場欢迎尼泊尔副首相兼外交大臣吉里。五时许返抵家，續閱参資。七时赴人大宴會廳，参加陳总為吉里举行之宴會，十时返抵家。服药二枚又閱书，但直至十二时半始入睡。

一月三十日，昨夜狂风大作，至今晨依然有六级之大。晴，○下四度，○下十四度。

今晨三时醒一次，五时半又醒，甚倦，然空闲再睡，七时许起身，做清洁工作半小时。学为学习。上午阅报、参资。中午小睡一小时。下午处理杂事。六时赴人大新疆厅出席加纳大使为加国防部长访华举行之宴会，八时又在三楼小礼堂为尼泊尔副主席兼外交大臣演出溪泉，十时半返家。服药二枚，于十一时半入睡。

一月二十一日，今日上午无风，午后有风，但不甚大。入夜风转猛烈，但时作时止。晴。

○下四度，○下十七度。

今晨三时醒一次，六时许又醒，即起身，做清洁工作半小时，七时半赴机场迎加纳外宾，半天风，尚不甚冷。八时半返抵家。上午阅报，处理杂事。今日咳嗽，喉部痛，头晕，精神倦怠。服止咳丸两枚。中午小睡一小时。下午阅参资。晚觉甚倦，但又不能睡。阅书至十时，服药二枚，十一时许入睡。

一月二十三日，晴，上午八时后

狂风，中午稍敛，晚又转大。◎下二度，〇下两度。

昨夜狂风，今晨三时风已止，然六时风又大作。今晨四时五十分醒后即未能再睡，喉剧仍微痛，咳嗽如故。服羚翘解毒丸一粒。七时三刻到机场送尼泊尔外交大臣一行，风甚大，冷甚，乐器吹不出声。於是免奏乐，仅检阅仪仗队即登机。九时半返抵家。上午阅报，处理杂公事，中午小睡一小时。下午阅参资。晚七时在本部大礼堂观成都川剧团演出。十时，头痛，胸口作呕，即返家。服药二枚，十一时许入睡。

一月二十三日，大风，晴。○下三度，○下七度。

昨夜咳甚，今晨三时，五时各醒一次，五时后不能酣睡。膀胱五，七时起身。九时半赴北京医院，量血压，仅高压一百○九度。先怪日来常常头晕，服複方甘草剂（止咳）先效。上午阅报、参、资。中午小睡，但时时咳醒，咳后头仍然红肿，下午阅书，处理杂事。晚阅电视至八时半。又阅书至十时，服安眠药倒，十时许入睡。

一月十四日，今日为夏历除夕。仍然大风，○下三度，○下十五度。睡。

今晨一时许即醒，咳甚，不耐睡。乃阅书，约一小时后方始入睡。四时许又醒，又咳甚。先是觉冷，加毯子，此时却又觉热，去毯。因思西药既不见效，不如改服中药止咳丸，羚翘解毒丸，于是各服一丸。后又朦胧，七时起身，上午阅书，报，参资，中午小睡一小时。今日仍咳甚，但较昨日仍稍可。下午处理杂事，晚阅电视至九时，服药（安眠）二枚，于十一时许将入睡，忽起数咳大作，深夜冷汗，乃服可的英一小片，十二时许入睡。

一月廿四，晴，大风，一度，下十三度。

今晨四时许醒来又大咳，因念西药无效，乃改服中药，乃即服止咳丸一枚，未半小时后又服羚翘解毒丸一枚，五时许又入睡，十时许又醒，十一时半起身，喉部作痛，嘶哑几不成声，甚倦怠。上午客来数起，阅报，书刊。中午小睡一小时许，三时赴本部大礼堂团拜，四时许返家。又服止咳及解毒丸一枚。晚阅电视至十时，服安眠药二枚，将睡，又大咳，半小时后稍可，十一时许入睡。

一月廿三日，晴，上午大风，下午稍小，三度，十三度。

今晨四时醒来，咳一阵，后半

六时后又入睡，七时许又醒，又咳一阵，七时半起身，上午阅报，书刊，中午小睡一小时许。今日甚为疲倦，入晚较可，七时全家赴人大大会堂联欢节，我因咳留家看电视，十时许，赴人大者返家，十一时服药（安眠）二枚，旋又大咳，约半小时后始渐平息，十二时许入睡，今日仍服止咳丸，日来时时汗透内衣，想来是虚汗。今日客来两起。

一月廿七日，晴，如昨。

今晨五时许醒一次，后又入睡，六时许又醒，七时半起身，上午阅报、书刊。今日咳甚，午休时咳半小时，后来方朦胧睡去。下午阅书刊，晚阅电视到九时，仍咳，但服药二枚后拟睡，咳更剧。十一时半入睡，两小时后又醒，又咳，睡既不成，只好阅书，又两小时始入睡。今日客来一起。

一月二十八日，阴，午前飘雪，地上积了许多，瓦楞们头。后忽来东北风，雪即止，但阴霾如故，午后有阳光。五度，0下五度。

今晨七时起身，昨夜咳甚，栽手终宵不能安枕。上午阅报，参资。（二函下午之参资，二十五到二十七日之参资均于今天一次送来。）中午未能小睡，因咳甚。下午仍阅参资。晚阅书。九时服安眠药，二枚如例，十时大咳一阵，但于十一时入睡。晚间风作，渐大，至翌晨四、五时度达六级。昨日服止咳丸，

一月二十九日，晴，大风，寒甚，二度，十二度。

今晨四时许醒来，大咳，不

刻再睡，穿衣倚高枕阅书，约二十分钟始又朦胧睡去。七时许又醒，又大咳，片刻再睡矣。上午阅报，九时半赴北京医院，十时半返家。阅参资。中午小睡前又大咳。下午戏剧报编辑部凤子等四人来。阅书。晚阅书至九时，服安眠药片刻，十时许忽又大咳，直至十一时半始稍息。十二时许入睡。

今日遵医嘱，服药三种，又至医院作盘尼西林之吸入两次，但咳嗽似乎稍减，夜间加

劇，如晚间十时后之大咳一小时，
為向未所未有，喉部疼痛並
吸入盤尼西林兩次后甚已大好，
但因咳甚，又作痛矣。
一月廿日，晴，上午仍有風，
午后轉大風，温度如昨。
今晨四时許即因咳嗽而
醒，續咳半小时，其猛為前所
未有。看来，医所给之含有可
因英百分之二十的止咳藥水不如
中藥之止咳丸為有效也。自咳
以来，中藥西藥交替服之，未
甚連服止咳丸並三天以上。因

此法必再服止咳丸，即取服一枚，和衣倚枕阅书，至五时许又入睡，七时许为闹钟惊醒，甚疲倦，然不得不起身矣。上午九时半至北京医院吸入，十时许返家，阅报，参资。中午小睡一小时。下午三时仍至北京医院吸入，阅书。晚七时至人大三楼小礼堂看京戏。盖今晚为北京市举行拥军联欢晚会也。十一时返家，服安眠药如例，十二时许入睡。

一月卅一日，晴，有风，三、四级。一度、七度（○下）。

今晨四时许醒来，咳一阵。后又睡，六时再醒，七时半起身。昨日及昨晚咳稍少，但仍不能不高枕和衣而睡。上午九时赴北京医院作吸入，阅书、报、参资。中午小睡一小时。下午三时又赴北京医院作吸入，阅书，会客。晚阅电视至九时，服药后卧，於上时许入睡。
今日仍服中药止咳丸、
咳仍稍减。

六三年二月一日，晴阴，有风，最大时五级。○下一度、○下十三度。

今晨二时四时各醒一次，六时再醒，不久再睡。昨夜咳稍轻。七时起身。上午阅报、参考、处理公办事。中午小睡一小时。下午阅书刊。处理公办事。晚阅电视至九时，服药二枚如例，又阅书至十二时入睡。

二月二日，晴，大风，○下三度、○下十二度。

今晨三时醒一次，五时许又醒，不能再睡。昨日咳大减，但晚间並然痰中带血，今晨亦有一二次痰中带血。口疮新生，今日渐剧。七时起身。上午阅报、参资。处理杂公事。中午未能安睡。下午阅书刊，处理杂公事。晚阅电视半小时，又阅书至十时，服第二枚安剂，又阅书，於十二时许入睡。

今日中钢等搬入新宿舍。

二月三日，晴，有风，○下一度、○下十二度。

今晨四时半醒后不能再睡，挨至五时，依枕阅书，六时起身。上午阅报，参考资料，中午曾小睡一小时，但不酣。下午阅书。咳嗽已大减轻，仍服止咳丸及喘嗽丸（西药）。昨日痰中带血，今日已无。晚阅电视一小时，又阅书至十时，服药二枚如例，十一时许入睡。

六日 星、晴、有风、不大、五度、○下八度。

今晨四（六）时许醒来，不能再睡，

七时起身，做清洁工作事四时。昨宵未咳，今日亦仅偶咳，然而黏痰仍多，仍服中药（丸）。上午阅报，参资，处理杂公事。中午小睡一小时。下午阅书刊，晚阅书刊至十时，服药之后如例，十一时许入睡。

二月三日，晴，有风不大，三度，〇下九度。

今晨三时醒一次，后来不能酣睡，时时醒，至七时起身。上午做清洁工作事四

时，阅读，参资，处理杂公事，
中午少睡一小时，下午阅书
刊，晚阅电视至八时半，又
阅书至十时，服药二枚后
倒，十二时许入睡。
今日发信三封，阅稿一
篇即寄还。
二月廿日，晴，东风，五级。
○度，○下十二度。
今晨四时许醒来，有不能
再睡之势，于是加服川剂
一枚，但只朦胧而已，七时许

遂起身。做清洁工作半小时。
上午为阿英、仲颖、翠贝春各
写字一幅。阅教、参资。中午小
睡一小时。下午处理杂务事。阅
书刊。晚阅电视一小时。又阅书
至十一时服药二枚如例,于十
二时许入睡。
写给仲颖的一首五绝:抓埋
复抓捐,卑考又狂悖,屡颠
乞和手,空捞水底月。壬
寅仲冬戏作。
六月八日,晴,大风,夜稍小。

一度，○下十二度。

今晨三时醒一次，五时许又醒，六时许起身，做清洁工作半小时，上午阅报，处理杂事。中午小睡一小时，下午阅参考资，覆信，晚六时出席朝鲜建军节之招待会，七时半赴人大出席各代部举办之文艺界联欢晚会。十时半返家，服药二枚，於十一时半入睡。

二月九日，晴，有风，五度，○下七度。

今晨四时醒，因又睡，七时又醒，即起身，做清洁工作半小时。上午阅报，处理杂公事，阅参资。中午小睡约半小时。下午处理杂公事。晚看电视至九时，又阅书至十时，服药二枚，於十一时许入睡。

二月十一日，晴，大风，持续，入晚渐小。五度、下十二度。

今晨四时许醒来，即不欲再睡，偃卧至五时乃倚枕阅书，七时起身，做清洁工作事小时。今日為星期。上午阅報、参資。中午少睡一小时。下午三时带润章出外理髮，四时半返家。晚阅電视至九时许，又阅书至十时，服藥二枚如例，十时半入睡。

二月十二日，晴，大风，二度、○下十三度、

今晨四时醒来，恐不能再睡，加服门剂一枚，終亦未能酣睡，朦胧至七时起身。做清洁工作半小时。上午阅报，处

理雜公事，寫札記，中午小睡一小时，下午阅参資，处理雜公事，晚赴文联礼堂看乐亭皮影戏，未终場即返，时已九时，返家即阅书，服药二粒如例，旋仍阅书至十一时半入睡。

二月十二日，晴，有风，五度、零下九度。

今晨五时许醒来，又睡了一小时，七时起身，做清洁工作，半小时，上午阅报，处理雜公事，十一时四十分赴机場欢迎西哈努克、返抵家时已着午后二时。阅参资、处理杂事。六时二刻赴人大出席欢迎西哈努克之盛大宴会。原定六时半之宴会至八时许举行。席散回家已届十时半矣。服药二枚如例、於翌晨一时许始入睡。

二月十三日、晴、午后有南风较大、八度、○下七度。

今晨六时许醒来、不能再睡、七时起身、做清洁工作半小时。上午阅报、为凤子趙寻冬写字一幅：给凤子写的七绝如下：家女咻咻清黑白，中流砥柱护红旗，刚挣二十二大关，狗盗鸡鸣贵一时。给赵寻写的如下：读叶甫盖尼·多尔马托夫斯基「我们的年代值得一个岁月冲掉了」，与身上的污点也有感，为赓廿亩：元我已自化猿鹤，既攘人间攫物华。昨日偏裨新打扮，登坛谄笑幻龙蝗。翻云覆雨不知耻，浑忘当年勤舐痔，窜败得幽自吹嘘，换时代道出阴集。华灯照影一跳兵、颇剧相情起共鸣，更有叛逆之抗拒，与操同室不留情。倒行逆施诅别人，革命风云四起吼！他年历史有公论：小丑终竟是小丑！

中午小睡后至一时，阅秀贞，三时李秀来谈，二小时后辞去。阅书至五时。七时四十分赴人大之礼堂，为欢迎西哈努克，演京剧《雏凤凌空》，十一时返家，服药二枚如例，十二时半入睡。

二月十四日，晴，间有风较大，五度。○下七度。

今晨五时许醒来，後又入睡，七时再醒，即起身。上午阅报，参资，处理杂公事。中午小睡一小时许。下午阅书，处理杂公事。晚六时半赴苏大使馆为庆祝中苏友好同盟条约签订十三周年举行之晚会。十时五十分返家。阅书至十一时服药二枚，又阅书至十二时半入睡。

二月十五日，晴，晨有雾，七

度、○下十七度、
今晨四时许醒来不能再睡、朦胧至七时起身、做清洁之作事七时、九时赴北京医院就中医诊治、十时返、阅报、参考、中午小睡一小时、下午处理杂公事、七时去赴人大宴会厅、西哈努克今在此举行答谢之宴会、十时返家、服药二枚即倒卧、於一个小时后入睡、
二月十六日、阴、小风、三度、○下六度、上午十时后有小雪、旋止、天稜未晚、

今晨四时半醒来，不得再睡，加服门剂一枚，仍然无补，至七时有朦胧入睡之意，然而不得不起身矣。做清洁工作半小时，阅报，写信给唐弢，请代借有关红楼梦考证诸书，这些书去年八月以前看过，但今天一些印象也没有了。近年记忆力之迅速衰退，实足惊人。四之自照。作札记。五时赴四川饭店请德国人耶希拉罕（欧罗巴杂志的主编）便饭。六时许返家。又阅电视半小时。十时服药二枚，又阅书至十二时入睡。

二月十七日，晴，有风，四级，二度，〇下十度。风向西北。

今晨四时许醒来，旋又半睡半醒至七时起身，做清洁工作半小时。上午阅书，散，参资。中午小睡一小时。下午阅书。晚阅电视至十时，服药二枚如例，又阅书至十二时入睡。

二月十八日，晴，有风，九度，〇下六度。

今晨五时醒来，以又腰腿至七时起身。做清洁工作半小时。八时四十分赴机场，为欢送西哈努克也。十一时方返抵家。阅报，处理杂公事。中午小睡一小时。下午阅参资，办理杂公事。晚六时赴尼伯尔民主日之招待会，七时三刻返家。晚阅书至十时，服药二枚后倒，咳甚，又服含可的英之药水，于十二时许入睡。今日赴机场一小时，又有感冒，故晚间咳甚。

二月十九日，晴，有风，八度，

〇下七度，

今晨五时醒来不能再睡，虽然又服M剂一枚，只闭眼片刻而已。七时起身，做清洁工作。八时，阅报，参资。九时半，唐弢来，（他）托借有关红楼梦的书籍，他把自己所藏亲自送了来）。十时许辞去。中午小睡半小时，忽而大嗽，又流鼻血，近来常流鼻血，幸而不多。下午阅书，处理杂些事。晚阅電視至九时，服藥二枚如例，十一时许入睡。

二月二十日，晴，有风，四级，五度，〇下六度。

昨夜咳甚，今晨二时许醒来，因咳久久不能再睡，此后大约只睡了一小时又醒了。七时起身。上午阅报，处理杂小事。仍然咳。中午小睡一小时，亦时时咳醒。

下午阅书，至四时许忽然发冷，浑身抖颤，加锦被卧，自未少时即转热，高至卅九度二，乃电请北京医院来诊，医来即诊，即谓须验血、注射等等，以住院为便。乃于六时许赴院。当晚验血、注射退烧剂、链霉素，又服药，至晚八时许，烧稍退，但胸膈胀闷，不思饮食，咳仍剧，是夜未能安睡。

六月二十七日至二十八日，仍住

医院，晴，有一二日大風。

是二十日起，燒退，遂視，作心電圖，均正常，但胸腸脹悶不思飲食如故，又無大便，至二十三日不得不灌腸，前一日起已加服表飛鳴。注射鏈黴素，服四環素如故。但二十二日下午四時至又發冷，約一小時即轉熱，則高至四十度矣。於是再試射退燒針，晚七時即斷退。是夜每二小時許醒一次，醒時汗透重衫，至曉，凡換衣四、五次。

此日之高燒達至二十日滿一日之時，故醫生疑為瘧疾，於是又抽靜脈血檢驗，再指尖完血相，（至次借透視）。二十二日燒退，二十四日幸又未再發冷發熱。此後日日大便稍少些。此因仍服四圜素之故也。二十六日起停鏈霉素注射，翌日又停服四圜素。但因檢查出大便中有血球，故又作腎功能之試驗。二十七、八日下午邵荃麟、葛琴銘、李滿天等來談。

一九六三年二月一日，晴，有风，十七度、六度。二日，晴，小风，十度、〇度。

上午九时出院返家，阅报，中午阅参资，至一时睡，至二时后始腾跳一小时，下午处理杂事，今日仍觉疲倦，晚阅电视，至九时，又阅书半小时，至十时服药（安眠药）如例，阅半小时后入睡。

二月三日，晴，今日为星期，有风，十度、〇下二度。

今晨四时醒一次，后又睡至七时起身，（但四时－七时一段亦有酣睡，是膀胱而已）。阅报，参资。中午小睡。下午处理杂公事。晚阅电视至十时，服安眠药三枚后卧，又阅书，至十二时半入睡。

三月四日 晴，有风，六度，〇下三度。

今晨四时许醒一次，又睡至七时起身。八时赴北京医院作定疗，治慢性气管炎也。九时返家，阅报，参资。中午小睡一小时许。下午阅书。写日文后唐弢处借来刘梅庵楹语、及景梅九之仁楼樽真迹。二书一为文学研究所藏，一为北京图书馆藏。晚阅书至九时，服药三枚如例，然而直至十二时许始有睡意，日来中时始入睡。连日仍服表飞鸣等，能多进饮食，咳嗽渐少，但精神仍然不振。

三月五日，晴，如昨。

今晨四时醒一次，后又睡至七

时起身。八时赴北京医院做光疗，九时许返家。上午阅报，参资。中午小睡一小时。下午处理杂事，阅书。晚阅电视至八时半，又阅书至十时，服药二枚后，即于十一时许入睡。

今日咳嗽稍可，但仍无力，仍服医院所给之药。

二月二十日，晴，北风，十度，〇下四度。

今晨四时许醒后又朦胧入睡，七时起身。上午阅报，参资。

李满天来谈一小时。中午小睡一小时许。下午三时赴北京医院光疗。四时返家。阅书。晚阅电视至九时，又阅书至十一时，服药，於十二时许入睡。

三月七日，阴，小风，五度，○下三度。

今晨四时醒后又睡至六时许又醒，此后未能酣睡，六时三刻起身。做清洁工作半小时。八时赶北京医院光疗。九时许返家。阅报、参資。中午未刚才睡，只朦胧廿分钟而已。
下午阅书、刊，处理杂事。晚
阅电视至九时，又阅书至十时，
服药如例，於十时许入睡。
至今日止，咳嗽则已全愈，
已停服止咳药水，但胃纳不佳，
精神仍然不振。

元月八日，小雪至十二时渐止，
午后阴，二度、○下四度。
今晨四时半醒来，又睡，七
时又睡，即起身。做清洁工作
半小时。八时赴北京医院先

療，九时返家，阅报，参资。中午小睡，僅十来分钟。下午阅书，处理杂公事。晚阅电视至十时，服藥二枚安眠，十二时半后入睡。

三月九日，阴后晴，四度、〇下四度。

今晨五时许醒后又睡了一小时，七时半起身，做清洁工作半小时，八时赴北京医院光療，八时卅五分返家，阅报，参资。中午小睡一小时。下午处理杂公車閱書。晚閱書、電視，十时服藥如例，十一时許入睡。

三月十日，晴，大風，六度，〇下六度。

今晨三时許醒來，有不能再睡之勢，乃服門剤一枚，以未四时入睡，五时又醒，此後又半睡半醒，至六时半起身，做清潔工作半小时。上午閱報、參資。今日為星期，小鋼等均來，午飯後去。

中午小睡一小时。下午三时理发。阅书。晚阅电视，九时后阅书至十时服药如例，又阅书至十二时许入睡。

三月十一日，晴，十度，〇下一度。

今晨四时醒后加服N剂一枚，后又入睡，六时始醒来，即起身。做清洁工作半小时。八时赴北京医院光疗。九时返家。阅报，休息。中午小睡一小时，下午处理杂事。阅书。晚阅书至十时服药如例，又阅书至十二时入睡。

三月十三日，晴，有风，十一度，○下二度。

今晨四时半醒后又睡，七时许起身，做清洁工作半小时，八时赴北京医院就诊，九时返家。阅报，参资，中午小睡一小时。下午处理杂事，阅书。晚阅电视至九时，又阅书至十时服药如例，又阅书至十六时入睡。

二月十三日，晴，有风，十度，

二度。

今晨四时醒来，又睡，六时半又醒，即起身，做清洁工作，半小时。八时阅報，参资，阅书，至十时半。中午与腾飞片刻，半刻入睡，下午一时半赴百货公司購物，（鞋子等），旋又至北京医院電療（超波），咳嗽近已全愈，张医生认为此作超波電療五次，将对支气管炎有大助。

三时半返家、处理杂务事，阅书、晚间书至十时服药外例、又阅书至十一时半入睡、

三月十六日、多云、有风、十度、〇下二度、

昨晨五时许醒来即不能再睡、挨到六时半起身、做清洁工作半小时。八时赴北京医院电疗、半途汽车抛锚、迟到二十多分钟、因此多等一个人、因只有一个超波机、就疗者排好时间、迟到即须多等一、二小时

立刻返家，阅报，参资，中午小睡一小时，下午，处理杂事，阅书，晚在部中小放映室看影片，十时返家，服药如例，十二时许入睡。

三月十五日，晴，有风，十度、○下一度、

今晨四时许醒后又睡，但不酣，五时半又睡醒，七时起身，做体操，工作半小时，上午阅报、参资，处理杂公事，中午小睡，下午赴北京医院雷疗，阅书，晚阅书至十时，服药二枚多例，于十一时半入睡。

三月十六日，晴，有小风，十七度、三度。

今晨四时许醒后又朦胧一小时许又醒，五时再睡。六时半起身，做清洁工作半小时。八时赴北京医院治牙，电疗，至九时半返家。阅报，参读。中午十一时睡一小时。下午处理杂公事，阅书。晚阅电视至九时半，又阅书，服药二枚多例，于十二时后入睡。

二月十七日，晴，今日为星期，有风，十九度、三度。

今晨五时许醒来，不能再睡。五六时许又朦胧片刻，居然有梦。七时许又醒，倦甚，然已不能再睡矣，即起身。做清洁工作半小时。阅报，参资。十一时半，全家到四川饭店午餐，同时并约请罗医渔夫妇及唐弢夫妇。盖本月六日为小钢十岁（虚龄十岁）生日，而该时我适生病，故于今日补请之也。下午二时回家，阅参资，未能小睡。
五时许胡愈之夫妇来谈，七时
许去，胡明日将到江南农村一观。
晚阅電视至八时半，又阅书至
十时，服藥二枚如例，但至十一时
仍无睡意，乃加服川剂一枚，
旋即入睡。

三月十八日，晴，大风，十八度，
四度。

今晨五时醒后即不能再睡。
挨至六时半起身，做清洁工作
半小时，八时赴北京医院電療。

九时许返家。阅报、参资。中午小睡一小时。下午处理雜事。阅书。晚作札记一小时。（為準備关於纪念曹雪芹作一报告；此纪念会现拟於七月中旬开，報告不过四、五千字，但参阅各项有关文章、材料，则总字数当在一百万以上，作札记即為此也）。又阅书至十时，服药二枚，於十一时许入睡。

三月十九日，晴，大风，十四度、四度。

今晨五时醒来后又睡了一小时许。六时起身。做清洁工作书小时。上午作札记二小时，阅报、参考。中午小睡一小时。下午二时，郎本麟、何其芳、何英、時倩来谈台闽农村传物座谈会及红学家座谈会事，五时辞去。晚阅电视一小时，又阅书至十时，服药二枚，于十二时许入睡。

三月二十日，晴，有风，十六度一度。

今晨四时醒来，即再服再睡，加服眠剂一枚，二小时后始又朦胧了一小时光景。六时半起身。

做清工作十六时，上午阅報、参資，写事记，阅於红楼梦板本的，中午小睡一小时，下午处理雜事，查书（就温飛卿诗、苏诗、杜诗，昭明文选等查前人对垌字的用法，得资料若干条）。晚阅電视剧（至文化部小放映室）至十时，服藥二枚如例，又阅书至十二时许始入睡。

三月二十日，晴，大风，十六度、了度。

今晨五时醒来，又加服门剂一

枚，旋又入睡，七时起身，做传信工作半小时。阅报，参考，仍如昨查书。中午小睡一小时。下午处理杂公事。三时到作协开书记处会议，听取汇报后，通过农村文学读物征集委员会名单及委员会任务章业若干条。五时返家。晚阅电视一小时，又阅书至十时服药二枚如例，於十一时许入睡。

三月二十日，晴，大风，十度，〇下二度。

今晨四时醒一次，加服M剂一枚又睡，六时许又醒，则不能再睡矣。六时半起身，做清洁工作半小时。上午阅报，参资，作笔记。中午半例小睡，只朦胧十来分钟，阅书。三时赴讨论曹雪芹卒年座谈会。到俞平伯、吴世昌、周汝昌、吴恩裕、曹次亮、周绍良、陈毓罴、朱南铣、邓绍基、（以上皆曹就卒年问题发表文章参加论战者），以及黄芳、阿英、邵荃麟、赵万里、余冠英、范宁、刘世德、徐平羽、严文井等。会上先已散发曹次亮之曹雪芹卒年问题辩论（经过）一长文（这是印出来内部参改的，当原想发表）及刘世德（文研所青年研究员）之关于曹雪芹卒年问题的争论（资料性质，叙述颇为客观，对自己未参加意见）文，人列席的我作了开场白，即请发言，因壬午、癸未两说双方都不即作表，即请雪先发言，曾问单地说本人意见已见书面，现在没有什么要说的，听了别人意见后再谈。于是周刘世德即起而说明他奉领导之命写资料性的综合报导，意在说明事实，曹文也有事实部分，但有不尽核实之处，于是他就此举出几点，又说曹文措辞有不妥之处。语稍直爽，曹闻之殊不耐，而吴世昌亦表示不耐之情绪。刘发言以四十多钟（长了些），吴即起立说如此讨论费时而无结果，不如径谈问题之关键，并请主席限制时间。但我不表示可否，吴发言亦四十多分，（因为上有发言未说，是对的。）看来他是性急而固执的。朱南铣继吴发言，主要说除非有新材料，两说最好存疑，但他本来是壬午说者，今日发言仍为壬午论点辩护。曹次亮继起发言，（看来他生了气了），说朱生说存疑，其实是驳癸未说而主壬午的，因而其发言实为诡辩。（曹在书面中说主壬午说者多为诡辩，列举发言时曹批评之）。曹说脂批无直接史料价值，曹发言无多说，（因是临时答辩性），且有意气。次范宁说明四松堂集三个本子的情况。（范未加入讨论）。次陈毓罴发言，他亦是主癸未说的，有反驳曹说处。曹二次发言反驳。（曹两次发言都长，但杂乱无序）。次吴恩裕发言，（他态度很好，无成见），略说文字材料而外，也当搜集传说材料。于是略述最近访问住居西山一带些老人，所所述関於祖輩所傳曹雪芹之事。其雖傳說有可信有不可信者，但伊無論曹死於癸未除夕，其子則死於同年中秋。據聞伊有子乃學生，故伊之所記得之祖輩傳聞，是否乃得之其子，則可懷疑）。曾三次若言，乃舉者柳堂詩有関曹者以証癸未說，然推論、猜想何為論証之方法，壬午說者固無可以相反方面駁難也。至此已七時許，乃聚餐。餐後余因身体不好先去。周汝昌嘗言，（是汝昌嘗親言）周無癸未說者。俞平伯繼周某言，罢说自己本无成见，择善而从；
但月前仍认壬午为可信。又解释
敦诚挽曹诗，说初稿之首作于
初丧，改稿合为一首则作于甲申；
此正我所前两月查书证明前人对坰字的多种用之故，我亦
法、依此确定也。）用绍良兄短说了
我的表明他们主壬午说。时已十时，
我乃说了我的收场语，并说掛於
七月间纪念会，两说有疑，用国
际通用方式：1763（？）—1963。而
所以要在今年纪念之故，则因今年
七月有此时间，纪念文字已作一部
分，拗起来不好，明年安排时间

困难等等。返家已十时半，服药三枚，不能即睡，闭目到十二时，又加服N剂一枚，至次晨二时许始入睡。

三月二十三日，晴，大风，十五度
二度。傍晚有小雨。

今晨六时许醒来，又朦胧了半小时许，不能再睡，七时起身。做清洁工作半小时。上午阅教，参资，处理杂事。中午小睡。下午阅书。六时赴巴基斯坦国庆招待会，七时半返家。此时药、小钢琴已经在家了。阅当日十时，服药二枚，於十一时许入睡。

三月廿四日晴，大风，十八度、二度。

今晨四时许醒来，加服M剂一枚，以来五时又睡，六时半又醒，七时起身。上午阅报，参资。中午小睡一小时。下午覆俞平伯，吴世昌信，均为曹卒年问题及纪念会问题表示意见者也。看来二人皆代表一方，坚持己见，排斥对方。于中青射者互不信任，以吴遇为壬午从者把持刊物，对蔡来说说文章不予发表），及这气之事，不过他们肯对我写信表示失愤懑，还是比不说话好。（此两霞信未於明日送出）。今日为星期，桑寿不来吃午饭。晚阅书至十时服药二枚，於十时许入睡。

六月廿三日，晴，有风，廿三度。

今晨四时许醒来，加服八剂一枚，即又入睡，六时许又醒，即不能再睡矣。六时半起床，做清洁工作毕。阅报，为吴俞来信事作书与邱吞麟，并附寄厚信及霞信之副本各一份。共四份。阅参资。中午小睡半小时。下午处理杂事，阅书。晚阅书至十时，服药二枚如例。移十一时许入睡。

三月廿五日，阴，有风，廿度，五度。

今晨五时许醒来，旋又朦胧入睡，六时半又醒，即起身，做清洁工作半小时。霞来信六、七封，至九时始毕。阅参资。中午小睡一小时。下午阅书。晚阅电视至九时半，又阅书至十时半，服药二枚，於十一时许入睡。

三月廿日，阴，有风，十二度、十三度。

今晨五时许醒来，因六时许尚不到，再睡，於是加服川剂一枚，后来朦胧半小时许，闹钟警醒。即起身，做清洁工作半小时。上午阅报，参资，查书，阿英等二人来谈文联主席团开会事。中午小睡半小时。下午覆周伯良一信，并还二稿。阅信谈曹雪芹卒年问题，二稿一为孙征樵高诗钞之剪粘及编年，一为挽曹诗剪笺）。又覆李锡胤信（谈「听风谣」译本出版事）。处理办公事。晚在系部小放映室看电影，九时半返家。又服药二枚如例。又阅书至十二时入睡。

三月廿六日，晴，大风，十五度、0度。

今晨三时半醒来，四时再睡，加服川剂一枚，於半小时后又入睡。七时醒来即起身，做清洁工作半小时。上午阅报，参资，処理雜事。作札記。覆信四封。

晚七时赴政協看北昆演出。為

開演尚有未少时，而早已人滿，

且有「小鬼」多人看守不少座位，

（當是預先給某些特殊人物保

留着，但直至終場，這些保留着

的座位仍有未數座約十多空着，而

由「小鬼」們享之），以至很多持有紅

票者徘徊无一安身之地。无怪許

多人在七时以前就到場枯坐久

也。按政協秘書處每次晚會書票，

附都有一通知，曰：憑紅票前排

座位為全委常委保留者，但厥

次晚會都有人搶佔或轉讓入場券紅票情事，以致持有紅票之本人找不到座位，务请接到紅票者如自已不來不要將票轉給別人，且請嚴格按一人一票，勿多帶人云云。然而此項通告乃是官樣文章，首先政協秘书处就作俑而自不遵守，例如本晚「守看」之排座位不讓人坐的「小鬼」們即是秘书處派來的，但既佔了座又終於沒見特殊人物遇然光臨，結果只請了「小鬼」的客，可想而知，此乃秘书處「安排周到」，唯恐臨时有特殊人物要来，待虑不周，故预为之计，当然，何不少买二十张票子の，既买过了票，又派人霸佔座位至两排之多，以待不可知来也。西之人物，真是大紧事——不，真也是吃力不讨好的事情。距开戏前十分钟，尚有四、五位持红票者，无所归宿，幸而有人设法，始得就座。十时半返家，服药如例，于十二时入睡。

三月九日，晴，大风，二十度、七度。

今晨四时半醒来，又服药（

門劑一枚，旋又睡，六时许又醒，八时卅分起身，做清洁工作半小时。阅报，九时，副部长们来汇报，十二时散。中午小睡。下午三时，又听主席团会议，六时返家。晚阅书至十时服药三枚如例，於十一时许入睡。

三月卅日，晴，有风，十九度、三度。

今晨四时醒后又加服門劑一枚，旋又入睡，六时半又醒，即起身，做清洁工作半小时。上午阅报，参资、处理批示等。中午小睡一小

时。下午覆信，阅书。晚阅电视节
十一时，又阅书，刊至十二时，服药二
枚，如例，於十二时许入睡。

三月廿一日，阴。下午大风，有
雨。十八度、四度。今日星期。

今晨四时许醒来，仍服门剂
一枚，继而久久始再入睡，约一小时
许又醒，未再入睡矣。六时半起身。
做清洁工作半小时。上午作札记。
中午小睡半小时。下午阅报，参
看作札记。晚阅电视一小时，又阅
书至十时，服药二枚如例，於十二
时许入睡。

一九六三年四月一日，晴，有风，十四度、〇度。

今晨三时许醒来，加服眠剂一枚，旋又入睡，六时许又醒，七时半起身。做保健工作半小时。上午阅报、参资。处理杂公事，中午小睡一小时，二时半到北京医院注射。三时许返家。做札记，至五时。昨日上午送还前借之苏文忠公诗编注集成十二册（浙江书局板）、纪文达评苏文忠公诗集（同治八年粤东翰墨园刊本）五册，秀野草堂刊温飞卿诗美佳三册。以上三书本为文化学院所度，今携归中华书局编辑所。晚阅书，刊至十时，服药二枚后倒，于十一时许入睡。

四月二日，晴转多云，午间大风至晚未止。二十度，四度。

今晨三时许即醒，加服门剂一枚，旋又入睡，六时许又醒，六时半起身，做清洁工作半小时，上午阅报，参资，处理杂事，作札记。中午小睡一小时，仍作札记至五时止。据天气预告，西伯利亚冷气来袭，明日大风将加强至六级，或有雨，气温将降，今日午后当有变化也。晚阅电视一小时，又阅书至十时，服药二枚如例，於十二时许入睡。

四月三日，阴，有风不大，晨四度、五度。

今晨四时许醒来，急出腹泻，即服四环素二枚，卧又小睡，六时又泻少许。十时又泻少许。连服四环素六枚，（四小时一次，每次二枚），至下午四时未曾再泻。

上午阅报、参消、作札记，中午小睡一小时。下午阅书，至北京医院往射门边，处理杂公事。晚阅霞视一小时，又阅书五十分时，服药二枚如例，十一时许入睡。

四月四日，阴，大风，十五度、七度。

今晨四时许醒来，加服门剂一枚，旋又入睡。五时许又醒，七时半起身，做清洁工作半小时。上午阅报、参资、霞信，处理杂公事。中午小睡一小时。下午作札记。晚阅霞视五十分时，又阅书五十分时，服药二枚，於十一时许入睡。

四月五日，上午阴，大风，下午

晴。十二度、三度。

今晨四时许醒来，又服M一枚，旋又睡。六时许又醒，即起身。做清洁工作半小时。上午阅报，参资。作札记。中午小睡一小时。二时许赴北京医院注射。三时返。处理杂事。又作札记。晚阅电视至九时，又阅书至十时。服药二枚然倒，於十二时许入睡。

四月六日，晴，少风，十二度、〇下一度。

今晨四时许醒来，加服剂一枚，於半时内又睡，六时许又醒，六时来起身，做清洁工作，十时。上午作札记，阅报，参资，处理杂公事。中午小睡一小时。下午作札记。晚阅電视至九时，又阅书至十时服㊃药二枚如例，又阅书至翌日晨一时许入睡。

四月七日，阴，有风，十二度、二度。今日为星期。

今晨四时许醒来后又睡，六时又醒，七时来起身。做清洁工作十时，上午作札记，阅报，赴北京医院注射，中午小睡一小时，下午阅参资，作札记，阅参资，晚阅书至十时，服药二枚如例，於十二时入睡。

四月八日，晴，有风，十二度，〇度，

今晨四时醒来，后又睡至六时又醒，七时半起身，做清洁工作半小时。上午阅报、参资。处理杂事，作笔记两小时。中午小睡一小时。下午作笔记两小时，处理杂事。阅书。晚阅书至十时服药二枚如例，於十二时许入睡。

四月九日，晴，有风，十八度，六度。

今晨四时许醒来又睡至七时，七时半起身，做清洁工作半小时。上午作札记，到北京医院注射，阅报、参资，中午小睡一小时。下午处理杂七事。作札记，晚阅电视至九时，又阅书至十时，服药二枚后倒，十一时许入睡。

四月十日，晴，有风，廿四度、八度。

早晨四时许醒来不能再入睡，五时后方能再睡，六时半起身，做清洁工作半小时。上午阅报、参资，作札记，中午小睡一小时。下午处理杂七事，作札记，晚阅电视至九时，又阅书至十时，服药二枚安倒，又阅书，于十二时半入睡。

四月十二日，晴，廿八度，十二度。

今晨四时许醒后又服眠至六时又醒。六时半起身，做清洁工作半小时。上午阅报、参省、处理杂公事。理发。中午小睡一小时。下午作札记，阅书。晚去文化部大楼看电影，九时半返家。阅书至十时半服药二枚安倒，又阅书至十一时半入睡。

四月十三日，晴，多云，有风，廿三度，八度。

今晨三时醒来，加服川、枚，

旋又入睡，六时许又醒，即起身。做清洁工作半小时，上午作札记，阅报、参资，处理杂事。中午休小睡二十分多。下午处理杂事，作札记，阅书刊。四时半赴世界文学编辑部之座谈会。六时许返家。阅书至十时服药二枚，久久闭目，又阅书至十一时半入睡。今日午后小雨，六时雨止。

四月十三日，阴，有风，廿一度、五度。

今晨三时许即醒，恐不能熟睡，加服阿一枚。六时又醒，即起身。做清洁工作半小时，阅报，赴北京医院注射，处理杂事，阅参资，中午小睡一小时，今日上午昏昏，下午较可，作札记，处理杂事。晚阅电视至九时，阅书至十时，服药二枚如例，又阅书至十二时半入睡。

四月十四日，阴，有风，十八度，七度。昨夜有雨。

今晨三时醒后又睡，五时又醒，六时半起身。做清洁工作半小时。阅报，参资。阅书。中午小睡一小时。下午阅书。处理杂事。晚阅电视至九时，服药二枚如例，又阅书至十时半入睡。

四月十五日，阴，有风，二十度，六度。

今晨三时醒来，因不能再睡，加服[illegible]一枚，旋于六时许又醒，即起身，做清洁工作一小时。昨日女工以出嫁女儿为藉口，请假一星期，然料其乃是存搭，盖已另找人家，另易主，诡言女儿结婚须至乡间（无锡）举行，故而须下月终始可回，请我们另找用人云云。于是我们又不得不另找了。此女佣工作二个月，窃物三件。

上午阅书，阅报，参资。中午小睡十来分钟。下午处理杂事，阅书。七时赴欢迎古巴革命委员会代表的宴会。九时席散，赴首都剧场看霓虹灯下的哨兵。回

場、十二时返家，服药二枚而倒，
十二时半入睡。今日下午六时许下雨，
十一时止。

四月十七日，阴，有小雨，十五度、
廿度、

今晨四时许醒来，加服药一枚，
又未少时后又入睡，但不酣，五时
半又醒，六时起身，做清洁及
家务劳动一小时。阅报，九时赴政
协第四会议室举行文联主席团
会议，十二时完，便餐，一时返家。
小睡半小时，阅参资，处理杂务
来，阅书，晚阅电视至九时，又
阅书至十一时，服药二枚，半小时

仍入睡。

四月十七日，晴，有风，十八度，四度。

今晨四时许醒来又加服川一粒，旋又入睡，六时许又醒，即起身，做清洁工作及家务劳动一小时。上午阅报、参资。处理私事。中午小睡。下午三时赴北京医院注射。四时即参麟。麟文井来谈一小时许辞去。五时赴郭沫若欢迎宴请古巴客人之宴会。七时到首都剧场看话剧霓虹灯下哨兵之演毕。十时始返家。服药二枚如例，稍十一时半入睡。
四月十八日，晴，有风，十八度，廿度。

今晨四时许醒来，后又睡至七时，即起身。做清洁工作及家务劳动一小时。上午阅报，参资，写散文约千字。中午小睡一小时。二时半赴政协出席纪念万隆会议卅周年纪念会。五时到四川饭店出席作协主席团会议。六时半便餐，九时许返家。服药二枚，如厕，于十一时半入睡。

四月十九日，晴，有风，廿度。

七度．

今晨四时许醒来，又睡至六时起身．做清洁工作及家务劳动一小时．上午写散文，仅成二、三百字而鸡西来了，她刚从武汉回来，曾到红安参加译民移遗体葬之典礼．据云当地群众往者携幼者千余人．同时举行移葬仪式者尚有某某等二人，盖皆与译民同事而先后牺牲于鄂豫皖边区者也．阅报，参资，处理杂公事．中午小睡一小时二时赴怀仁堂听总理报告，七时

三刻返抵家。晚阅书至九时，服
药二枚安定，於十时许入睡。
四月二十九日，晴，有风，十六度、
十度。
今晨三时醒来，逾不能再睡，
加服以一枚，约半小时后又睡，於
六时许又醒，六时半起身，做清
洁工作及家务劳动一小时。九时
赴文联参加大会议之小组
会，十一时返家。中午十二时睡一小时。
下午阅报、参资，处理日常事
务。晚阅书至十时服药二枚安

例，十一时许入睡。

四月二十一日，晴，小风，廿度，十度。今日为星期一。

今晨三时醒来，又服川一枚，旋入睡，但不酣，屡醒，六时许起身，做清洁工作及家务劳动一小时。九时赴北京医院注射，九时半返家。阅报，参资。中午小睡半小时。一时卅分赴机场欢迎阿联部长会议主席萨布里。三时半至北京饭店理发。返家后处理杂事。七时赴人大宴會廳出席欢迎薩蒂里之宴會。十时返家，服藥二枚如例，於十一时许入睡。

四月廿六日，陰，有风，十五度、八度。

今晨三时醒，以加服M一枚，旋又入睡，於六时许又醒，即起身。做清洁工作及家务劳动一小时。九时出席文联擴大會議，十二时返家。下午一时赴埃使館出席埃大使為薩蒂里舉行之午宴，三时午宴畢，赴文联擔任會议。六时返家。七时五十分赴人大，今晚六时文化部与中埃友協為欢迎薩布里舉行晚會，演出天鵝湖。十一时返家。服藥二枚，如例，於十二时就入睡。

三月廿三日，晴，有风，廿度，五度。午後风轉大，多雲。

今晨三时醒來，加服一枚，旋又睡。六时再醒，即起身。做清洁工作，家務勞動一小时。阅報、參資。赴北京醫院注射、中午小睡一小时。下午阅文件、晚七时赴人大会堂、萨布里代晚举行告别宴会。十时返家、服药二枚如例、於十二时许入睡。

四月二十四日、晴、有风、廿二度、八度。

今晨三时醒后又服药一枚、六时又醒、即起身、做清洁工作至七时。照白找来一个女佣、许多事都不会、然而身价甚高、姑用之、不知留几日也。七时一刻赴机场、为欢迎萨布里也。九时返抵家。

阅报，阅两会议（文联扩大会议及文化部文化局长会议）的文件。阅参资。处理杂事。中午小睡一小时。下午准备明日在文联扩大会上之发言提纲，（打算只讲十分至二十分钟）及在文化局长会议上之讲话提（明日下午）纲（打算讲一小时—二小时）。晚阅电视一小时，又阅书至十时服药二枚，于十一时半入睡。

四月二十五日 晴，有风，最度，八度。

今晨六时许醒来，又服M一枚
旋又入睡，七时又醒，即起身。做
清洁工作事。九时赴北京医
院注射，并于十时—十一时至百货公司定做中山
服一套。阅报，参资。处理杂事。
中午小睡一小时。下午三时至民
族饭店，出文联扩大会议上发
言二十分钟。十五时许返家。晚阅
电视至九时，又阅书至十时，服
药二枚如例，於十一时许入睡。
阴晴，阴，有大风，廿
五度，十度。
今晨六时许醒来，又服M

一枚，旋又入睡，六时许再醒，即起身，做清洁工作未十时。阅报、参资，处理杂事。新来之女佣今日却去，此人本来这也不会，那也不会，然而尚懂工作多，今既却去，只好请便罢了。中午小睡一小时，下午三时在文化部会同文化局去会议上发言，至五时半，中间休息一次，晚阅电视至九时，服药三枚即倒，又阅书至十一时半入睡。

四月廿六日，昨夜有小雨，今日尚阴，由四合，有风，廿三度，九度今晨三时许醒来，加服以一枚，旋又入睡，六时许再醒，即起身。做清洁工作及家务劳动一小时。阅報，参資，处理雜事。十时到民族飯店参加文联主席團会议，十二时返家。中午少睡一小时。下午續阅参資。处理雜事。三时卅分到全聚德，请唐弢、上海熟友（杜埃、周鋼鳴、唐由、巴金、孔罗荪、子冈）及邵荃麟等便餐，由此及小钢、小宁、安同往。晚九时返家，服藥二枚如例，於十时入睡。

四月廿八日，晴，大风，二十度，六度。午后风小，多云。

今晨二时即醒，加服半粒，始又入睡，五时又睡，旋又睡至七时半再醒，即起身。做家务劳动及清洁工作一小时。上午阅报，参资，赴北京医院注射。中午小睡一小时。下午覆积压了来信及处理其他文件。今日为星期，然机关们办公，学校们授课，盖将以移换五月一日放假一天也。晚赴文联举办之联欢晚会，九时返家。阅书至十时，服药二枚如例，又阅书至十二时入睡。

四月廿九日，晴，後多云，午後大风，廿一度、六度。

今晨三时醒来，加服以一粒，五时半又醒，即起身，做清洁工作及家务劳动一小时。上午阅报、参资，处理杂七事。中午小睡一小时。下午覆信六封。赴北京医院注射。晚阅画书至十时，服药二枚如例，於十一时許入睡。

四月卅日，多云，有风，二十

度、九度。

今晨三时许醒来，加服川一粒，五时醒一次，六时半又醒，即起身。做清洁工作及家务劳动一小时。上午阅报、参资、处理杂事。中午小睡一小时。下午三时到首都剧场参加朝鲜影片「红色宣传员」首次映出典礼。六时赴十二人民国作工人大宴会厅举行之五一招待会。七时半返家。阅电视至九时许，又阅节目。十时半，服药二枚，十二时许入睡。

一九八三年五月一日，晴，有风，二十五度、九度。

今晨二时醒来，加服D一枚，五时半又醒即起身。做清洁工作及家务劳动一小时。上午阅报，书刊。中午小睡一小时。下午仍阅书刊。晚七时至天安门参加晚会。九时许返家。阅电视至十时，服药二枚，又阅书至十一时入睡。

二日，晴，大风，廿五度，十二度。

今晨三时醒来，又服D一枚，五

时又醒，后又睡，与时并再醒，即起身，做清洁工作及家务劳动一小时。上午阅报，作札记，中午小睡一小时。下午仔细读了时先年所写的「无聊新浪潮派批判」的他即草稿，并提了些意见，将於明日退回。此稿是化了功夫写的，看了不少材料，驳斥引证，亦为具体而详尽。此稿乃以回答苏的新浪潮派电影导演赫丘拉伊（第四十一、士兵之歌、晴朗的天空、的导演）在英国「电影与电影制作」杂志上所发表的「他们故步自封」一文中攻击中国电影而作的反击，但整个分析了苏近年来的修正主义文艺（电影特出代表）而给予严正的批判。最后一段「不是一个偶然的孤立的现象」，指出文艺上的修正主义是政治上修正主义的反映，（但客气些，用「新浪潮」代替修正主义），并含蓄地指出苏最近的什么反形式主义（抽象派）运动，「赫老还为此发表了宣言，以示此运动乃彼首倡），实在是避重就轻，这形式主义只是新官潮派文藝毒消極面之一論，而對官潮派之真正毒素在於修正主义的政治思想，而此則正是赫克珂所提倡者也，並及其他吹奏吹影的文藝作者輩趨承意旨而已。並攻擊我們的一句話是：「中國電影是教条主义和反藝術的思想方法的標本」，並全文論述系自三十年代以來的電影，但自吹部分佔主要。

晚閱電影至九時，服藥二枚如例，又閱書，而上月廿日下午報和前昨兩日之參考資料於此時方才送來，於是閱參資，至十一時寢入睡。

五月三日，阴，大风，黄沙。二十二度，十三度。今晨三时，五时各醒一次，加服川一枚，五时后手脚热，睡，朦胧至七时半起身。做清洁工作及家务劳动一小时。上午阅报，参资，处理杂公事。中午由睡一小时。下午覆信四封，阅稿。晚阅电视至九时，服药二枚加刚，又阅书至十一时入睡。

五月四日，晴，有风，廿三度，八度。

今晨三时醒一次，服M一枚再睡，五时又醒，此后未能酣睡，七时许起身，做清洁工作及家务劳动一小时。上午阅报、参资。处理杂七事。中午小睡一小时。下午处理信三封。作札记。晚阅电视至九时，又阅书至十时，服药二枚如例，又阅书至十一时入睡。

五月五日，阴，午后大风，二时许风止。廿三度、十四度。

今晨十二时半即醒，加服M

一枚，三时又醒，五时许醒后即未能酣睡，六时许起身，做清洁工作及家務勞动一小时，上午写関於曹雪芹的報告（预定為四、五千字之論文），阅報、参資，中午小睡一小时，三时至五时续写報告，今日共成千二、三百字，因边写边查书也。晚阅電視一小时，又阅书至十时，服藥二枚如例，阅书至十一时入睡。

五月六日，陰，小雨即止，有风，二十度、十二度。

今晨三时醒一次，以后又加服八粒，五时许又醒，此后未再睡，五时半起身，做清洁工作及家务劳动一小时，八时半赴北京医院治牙，九时半返家。楼下暖气水管漏水，今日修理，明三日可竣工，为大众电影百花奖写题词三张，又为写字两件。阅报、参资。中午少睡一小时。三时接见伊拉克新任大使。处理杂事。晚五时半赴越南大使馆举行之欢迎别主席访问越南招待会，至观影片「刘四姐」。八时许返家，阅书至十时服药二枚，于十一时半入睡。

五月十日，阴，十七度、九度。今晨三时醒，醒后加服药一枚，五时许再醒，乃未能酣睡，六时半起身，做清洁房及家务劳动一小时。阅报、参资，续写书，阅曹雪芹纪念之报告。中午小睡一小时。下午覆信，处理杂事。又赴百货大楼试衣样。六时半与崇比到文联服务部小吃，旋又至北京展览馆剧场看东方歌舞团之演出。十时半返家，服药二枚，于十二时许入睡。

五月八日，晴，小风，廿五度、十二度。

今晨三时许醒来，加服药一枚，五时又醒，旋又入睡，六时半又醒，即起身，做读书写作及家务劳动一小时。上午读写「教学一小时，阅报，参资。中午小睡一小时，下午处理杂务事，晚阅电视至九时，又阅书至十时，服药二枚如例，十一时许入睡。

五月九日，晴，有风，廿八度、十一度。

今晨三时醒来，加服M一枚，五时许再醒来，再酣睡，朦胧至六时许起身。做清洁工作及家务劳动一小时。上午续写「教善」，阅报，参资，中午小睡一小时。下午处理杂公事，晚六时赴四川饭店（欢）宴印尼代表团（共六人，作协名义邀请的），九时返家，十时（返）服药二枚，阅书至十二时始入睡。

五月十日，晴，有风，如昨。

今晨六时许即醒，加服M

一枚，后来久久始再入睡，然而不久又醒，如此睡不安枕，至五时又醒，即起身，做清洁工作及家务劳动一小时，七时起写「报告」至十时，十时半到北京医院治牙，十一时返家，阅报，参资，中午小睡一小时，下午三时续写报告至五时止，晚阅电视至九时，又阅书至十时，服药二枚于十一时许入睡。

五月十二日，晴，有风，廿五度，十六度。

今晨三时醒来，加服Ⅲ一枚，旋又入睡，六时醒后起身，做清洁工作及家务劳动一小时。上午作札记，写「報告」完。中午小睡，但只朦胧十来分钟。下午阅参资、日报，仍作札记。六时半偕此岸小孩等到文联服务部进晚餐，（主要是汤面、包子等），八时许返家。阅電视一小时，又阅书至十时，服药二枚如例，十二时许入睡。

五月十二日，阴，廿三度，十五度。今日为星期。

睡眠：昨入晚二小时即醒，又久久先

睡意乃加服S一丸(安眠药之速见効者),但五时许又醒,后又朦胧入睡,六时半起身。做清洁工作及家务劳动一小时。上午做札记,中午小睡,仍假卧半小时。下午继作札记。晚阅电视一小时,又阅书至十时,服S一枚,不久即入睡。

五月十三日,晴,有风,苦度、虚度。

今晨五时许醒,后又睡至六时半起身。此为历来所未有者。做清洁工作及家务劳动一七时。上午作札记，中午十一时睡一小时。下午处理杂公事，作札记，晚续作札记完。（按此项札记系自一八一八年至一九二六年有关红楼梦之评注、解释、索隐等书之简明提要。）又阅书至十时服S一枚，十一时半入睡。下午三时，康泽来谈，五时去。

五月十四日，晴，有风，廿四度、十三度。

今晨三时醒后，旋又入睡，六时又醒，即起身，做清洁工作㊥及家务劳动一小时。上午写海南新稿二千字，即送人民文学，完稿倩也。中午小睡一小时。下午阅報、参資、处理杂事。六时许偕此赴文联服务部晚餐，而后至文联礼堂㊣拜看電影冰山来的客人。九时许返家。阅刊物。已十时服药二枚，于十一时许入睡。

五月十五日 晴，有风，廿六度十三度。

今晨三时醒，后加服一枚，能近来时酣睡。六时许起身，做清洁工作及家务劳动一小时。上午為報告印他念曹雪芹者作註，阅報、参資。中午小睡一小时。下

午處理雜公事，仍作法。二時赴
八大參加中馬(里)經合作協定簽
字儀式，並座會。七時半返家。晚
閱電視一小時，又閱書至十時，服
藥二枚後倒，十一時許入睡。

五月十六日，晴，有風，廿度、
十七度。

今晨例於三時醒，醒後再酣睡，
六時許起身，做清潔工作及家務
勞動一小時。上午續寫作。閱報，參
詳。中午小睡一小時。下午處理雜
公事，續寫作，六時，偕㔾北門赴
馬里使館之招待會，七時半返家。

閱书及文件至十时服药二枚如例，十一时许入睡。

五月十七日，晴，有风，廿九度，廿一度，今日始凉，僱得一女傭，即五一节以后之女傭辞去者也，今晨三时醒来，加服川一枚，後又睡，六时起身做清洁工作及家务劳动一小时，阅报，九时赴北京医院治牙，十时返家，續写作，中午小睡一小时，下午处理杂事，續写作，晚七时在部内礼堂看電影，九时返家，又阅书至十时服药二枚，十一时半入睡。

五月十八日，晴，如昨。

今晨六时许即醒，加服以一粒，
旋又入睡，五时又醒，又睡了一會兒，
七时半起身，做清洁工作半
小时，九时赴藝術館看書畫
并事蹟展覽之預展，十时返
家，閱報、参資，匯貳拾元至和大
償還去年七月赴莫斯科裁軍
會議时用度布十貳个之費用。此
照外交部規定，出國開会人員，
个人零用可以用外匯數元（合人民幣
貳拾元）用人民幣付還，但不記去
年之賬，何以遲至今日始來處償
也。中午小睡一小时，下午續寫佳

解。晚偕阯及小孩等到文联服务部晚餐，旋又到天桥剧场看舞蹈学校七年级（毕届毕业）生作为毕业考试之毕业剧排。此剧原为脚夫舞，现在改为民族形式的舞剧，脚夫舞及托举都改掉了。看来也还是同。我们自编的神话剧为什么不可不採取脚夫舞（芭蕾）的形式？我不懂。此与小刀会等不同，小刀会则明明是中国革命历史剧，似以用民族形式为宜，但此剧则除人参外，看不出有特定民族之特色也。散戏时大雨如注，返家已十时矣，服药二枚，十二时许入睡。
今日星期。
五月十九日，阴，大风，廿八度，十
四度。昨夜整夜下雨，今晨尚未
止，然都不如昨夜十时许那样大，
今晨三时醒一次，加服门一枚，五
时又醒，旋又睡了半小时许，七时
起身，做清洁工作半小时。上午
阅报，参资，续写注解。中午小睡
一小时。下午续写注解。四时半赴
北京饭店理发，旋又在天安门广
场散步，因此时尚早，而招待（西非团、诗画会）
西非新闻工作者之宴会则定
七时开也，七时十五到人大赴宴会。十时
方散。十时半返抵家，服药二枚
如例，又阅书至十二时入睡。

五月二十日，陰，偶有陽光，大風，廿三度，十四度。

今晨三時醒，加服Ⅲ一枚，又睡至五時又醒，此後只是半睡半醒而已。六時起身，做清潔工作半小時，上午續寫佳解。閱報，參資。中午小睡一小時。下午三時起國務院全体會議，六時返家。晚續佳解至十時，服藥二枚如例，又閱書至十一時入睡。

五月二十一日，陰，有時有陽光，有風，廿三度，十八度。今日送還文聯，閱今時三個內部文件，

今晨三時醒後加服Ⅲ一枚，五時又醒，即不能再睡。六時起身，做

清洁工作来少时。八时许赴戏曲学校之编剧进修班讲历史剧之写作等问题，十一时半返家。中午少睡一少时。下午续写清醉。晚又续写一少时。继阅报、参资，至十时许服药一枚，即倒，於十一时许入睡。

五月二十二日，阴，少风，廿七度、十七度。

今晨五时起身，前醒过多次，也曾加服川丸一枚。做清洁工作来少时。八时赴北京医院镶牙，九时返家，阅报、参资，十时赴机场，将欢迎刘主席返国也。十二时迫抵家。饭后少睡一小时。下午校阅请人誊清之一阅於曹雪芹之抄本的附注。此项附注，有二万字，我已尽极力压缩了，结果、抄错很多，因此人水平不高，抄生之成语、典故，都不晓也。晚阅电视一小时，又继续校阅附注完。十时服药二枚，如例，十一时许入睡。

五月二十三日，阴，有小雨，廿一度、十七度。

今晨二时醒来，加服N一枚，五时许又醒，小解，再睡，六时起身，做体操，作事少时。上午校改

「闻於曹雪芹」，此稿本擬六千字，但缮清後计八千字，似乎长了些。或不止此数，因抄写者无一个标点符号，皆作一样也。故於校阅又删削了一些不必要的字句，约有两千不多。中午小睡一小时。下午覆信四、五封，皆所旧来积压者也。阅报、参资。晚阅电视至九时半，又阅书至十时半服药二枚如例，十一时许入睡。

五月廿四日，晴，阴，有风，廿四度，十三度。

今晨五时起身以前醒过两次，第一次醒时仅睡了两小时，加服片一枚。做清洁工作半小时。上午阅報、处理雜公事。阅参資、中午小睡一小时。下午三时，副部長们彙報各部布置去文情况。六时散。晚阅電视一小时，又阅书画十时，服药二枚，如倒，於十一时许入睡。

五月廿五日，晴，有风，廿六度、廿四度。

今晨三时醒来，加服片一枚，五时又醒，此后即不能酣睡。六时起身，做清洁工作半小时。上午阅報、参資，处理雜公事。中午小睡一小时。下午赴人大常委会兵國务院聯合会議、陈毅副总理作了到主席访问东南亚四國的報告。下时半散會返家。晚阅電視至九时、又阅书至十时半、服藥二枚並例、十一时许入睡。

五月廿六日、陰、有风、廿度、十五度、今日為星期。

今晨六时起身前曾倒醒了两次、加服川一枚、六时以后即下床翻睡。例手已成規律、二至三个時必醒、睡了将近六小时（分两次）即下床再睡、做清洁工作半小时。

上午阅報、参資、整理书籍、前

借唐弢之书，已经用完，包装后，嘱杉明日亲自送去。中午小睡一小时。下午罗文华、琴秋来谈，五时半辞去。晚阅电视一小时，又阅书至十时半，服药二枚如例，十一时许入睡。

五月廿七日，晴，有风，廿七度，十四度。

今晨五时醒来以前，仍然醒过两次，加服小丸一枚。五时后仍不能酣睡，做清洁工作半小时。九时赴北京医院镶牙，十时返家。阅报、参资，处理杂事。

中午少睡一小时，下午读寄来厚稿（三份），其中有萧曼若的两篇，一共万五六千字，一共二万二千余字，都不见佳，六时赴阿富汗大使为阿国庆招待会，七时半返家，阅书至九时，服药二枚（一改用N丸），十时半入睡。

五月卅日，上午阴，午后放晴，大风，卅度，十七度。

昨入睡后，今晨三时许醒一次，计已睡五小时，加服N一枚，约半小时后始又入睡，五时一再醒，不能再睡，但仍朦胧至六时许起身，做清洁工作半小时。覆信两封。以后送去还唐弢，并读了一小时辞书，阅报，参资，处理杂事。中午小睡一小时。下午覆信四封，处理杂事，晚赴大三楼看福建高甲戏《连升三级》。十时半返家，服药二枚，如厕，十一时半入睡。

五月廿九日，上午阴，下午放晴，有风，廿八度、十七度。

今晨仍然三时醒来，加服门一枚，五时又醒，即下床再熟睡，六时起身。做清洁工作半四时，上午阅报、参资，处理杂公事，中午小睡一小时，下午三时半在怀仁堂听总理报告，六时半返家，七时半赴政协出席电影协会所办百花奖授奖仪式，九时返家，阅书至十时半服药二枚，十一时半入睡，

五月廿日，阴，雨，放晴，傍晚有阵雨，但一小时即止，廿度，十七度，

今晨五时前仍醒一次，加服M一枚，五时后不到酣睡，六时起身，做清洁工作半小时，上午阅报、参资，处理杂公事，阅文件（中共

中央关于目前农村工作中若干问题的决定草案及附发文件）中午小睡一小时。下午仍阅文件（附发的）。七时半起身到出席文化部对拍摄中印边界冲突实况的摄制人员授予奖状的仪式。十时返家，又阅文件至十一时，服药二枚为例，再阅文件至十二时入睡。至此已阅附件六个。）

五月卅日，晴，有风，如昨。

今晨五时前醒过两次，加服川剂一枚，五时后仍不能酣睡。

㊤六时起身后做清洁工作，半

十时。上午阅報、参資、处理雜公事。中午小睡一小时。下午阅中共文件之附件。三时卅分赴北京為阿尔巴尼亚一電影劇作者及一攝影導演餞行、他們為中阿合拍影片事，在中國旅行已兩个月了。九时返家。服藥二枚如例，阅文件附件至十二时始入睡。

六三年六月一日，晴，有风，如昨。

今晨五时醒来，即右侧酣睡，六时前醒一次，加服门一枚。上午阅報，参資。処理雜公事。中午小睡一小时。下午仍阅各件之附件。晚阅電視一小时，又阅附件至十时服藥二枚如例，於十一时许入睡。

六月二日，晴，多雲，有风，卅度，廿七度。今日为星期。

今晨六时起身，前仍如慣例，不多述。做清洁工作，半小时。上午補寫「閲档雪片」的附注兩条，用手修字。又将油印稿再校對八遍，校出錯字不少。中午全家赴文聯服务部進餐，遇见不少熟人。中午小睡一小时。下午阅報，参資。又阅附件。晚看电视至九时。又阅附件一小时。服藥二枚如例。於十时许入睡。

今月三日，陰，有风，廿度、十二度

昨入睡后，今晨四时醒来，加服以一枚，约半小时后又睡，直至七时许又醒，即起身。昨夜第一覺之長（五小时），乃近来（二、三年来）所未有，而醒后再睡仍能睡三小时左右，则尤為罕见。微凉清产作事四时。上午阅报、参资、附件（阅完）。中午小睡一小时。下午二时半聶绍提见科学出板工作会议的代表、我们陪见、摄影后散。至北京饭店理发、五时许返家。晚阅周汝昌对一问於曹雪（红楼）梦芹々友附注所题意见。（按、吴世昌早有意见写来、前日阅过）、采纳其可取者。吴霞由。晓已覆吴。九时半服药三枚、又阅书至十一时许入睡。

五月四日、晴、中风、廿一度、十九度。

今晨六时起身前醒过两次，加
服川一丸如例。做清洁工作半小时。
上午覆信两封：（俞平伯、朱南铣；
二人皆对高鹗续书一点表示不应肯
定，因俞来函谓以高鹗是
就旧本四十回（不知何人所续）加工而已，实
是把原续弄坏了，余无重要意见）。
高续或补的问题，我以为不宜过
作结论，有此一说（存疑论）可提及，
昨已存加附注一条。今日又将修改附
注文字略作修饰，即行誊清。
阅报、参资。中午小睡一小时，下午
处理杂事，晚在部内小放映室

看科教片四部，其中不平静的夜（猫头鹰专食田鼠故为益鸟）拍得很好。九时许返家，又阅书至十时，服药二枚如例，十一时许入睡。

九月五日，晴，十九，廿度，十八度。

今晨六时起身前照例醒过两次，第一次在二时许，加服M一枚后久久不能入睡，於是又服S（安眠）一枚，约四五时许又醒了，到渺渺然，但不能再睡。六时起身后做清洁工作半小时。上午仍就所理报告及其附件作文字上之修改、阅报、参資。中午小睡一小时、下午们修改報告文字。截至今日下午止，收到对報告及附注提的意见共十四份，其中专家十二人、专家有只提一二文字上意见（其中有些是油印稿打印时的错字）的，也有提有关史实问题的，例如文学研究所的年青「专家」以及人民文学出版社古典文学组的一二人，对高鹗补书问题联手提出同样的意见，而且认为后四十回非高鹗所补，已无疑问云云，（其实他们的说法是先立假定后找证，与胡适之所用的大胆方法基本相同。又如他们对吴世昌推

想脂硯齋當為字竹澗之曹頫一說
們們攻擊，認為但是臆想，其實人
苦不自知，他們的高鶚非的四十回作
者及雪芹卒年肯定是壬午除夕
等等，豈非也是臆想麼？我看
此中有門户之見，而文研所之宗派
情緒較濃。至於非專家即從事
文學行政工作者）發徵求意見書十一
份，至今催之再三，只寄了兩個人的
回信，一個只說很為敬告，「体例」不合，
最好加一些什麼什麼，扯稿/另一
個倒提了不少意見，一為稿中講高
補書評價太低，（此與事實恰好相反），二為講
續書及摹仿多了些，要害此兩

部分只五、六百字，约全文十分之一弱），及其它等等，也不备述。可是对于实质性的问题，也不提什么意见。现在赶了两天工，已把报告、要及附注从内容及文字作了一次修改。专家们、小专家的意见，有无不妥当的。实在觉得很疲倦了。昨夜又不安枕，显係白天太疲倦之故。晚仍整理修改文字，至九时。十时服药二枚，阅书至十一时入睡。

三月四日，阴，后放晴，早晨有阵雨，约半小时即止。有风，廿六度，二十度。

昨入睡后二小时即醒，久久不能
再睡，乃加服S（安眠）剂一枚，仍
能只睡了三小时即醒，时为五时。
此后不能再睡。六时起身，做清洁
工作，七小时。报告修改部分以表
格式付油印。上午作书答邵荃麟。
十时卅分赴车站欢迎朝鲜最高
人民会议常务委员会委员长崔庸
健。十二时返家。中午小睡，但未成
眠。阅报，参资。下午处理杂公事。
晚六时半赴人大，刘主席出宴会
盛宴请崔庸健。十时返家，
服药二枚，十一时许入睡。

六月七日，陰，涼，五十度，十四度，預告傍晚有少陣雨，然而沒有，至少城中，或至少東城區並无滴雨。

今晨五時起身，前曾醒兩次，第一次在三時，加服門一粒再睡，五時再醒，不敢再睡矣。做清潔工作，至七時。閱報、參資。十時半赴人大常委，聽總理作關於提請人大常委改於本年第四度召開二屆四次人大會議之說明，僅一小時。下午一時許散會返家。按會議本定十一時開始，但因總理与朝鲜贵宾会谈，至将毕时结束，直至十一时三刻始来，故重点讲了一小时。散会时却已下午一时矣。午后处理杂事，覆信。晚七时赴人大，今晚于三楼小礼堂请朝鲜贵宾们看京剧《杨门女将》。十时半始返家。服药二枚，又阅书一小时，于翌晨一时许入睡。

三月八日，晴，南风，卅度，十六度。昨日闷热，今日则因有北风，室内较昨为凉爽。

今晨三时醒来，加服门一枚，六时又醒，即起身。做清洁工作及家务劳动一小时。孟丁姓女佣又睡了。阅報、参資。中午小睡一小时。下午就附注作第三次之修改。至五时始毕，然已精疲力竭矣。晚阅電视至九时。又阅书至十时，服藥二枚安眠，十一时许入睡。

九月九日，晴，如昨。今日星期。临入睡后一小时即醒，加服眠爾一枚后，仍然不能酣睡，一、二小时即醒一次。今日晨五时醒后不再睡了，起身，做清洁工作及家务劳动一小时。上午阅報、参資。处理雜事，覆陈克年信。中午小睡一小时。下午覆枚報告在文及附

性，五点半时始毕。晚阅书至十时，服药两枚，十一时许入睡

六月十七日，晴，有风，卅度，十九度。

昨入睡后两小时即醒，加服门一枚，旋又入睡，但一小时许又醒，以来四时许又醒了，又加服门一枚，六时许再醒，不得不起身了。做清洁工作及家务，劳动一小时。上午写信，处理杂事。阅报、参考。中午小睡一小时。下午三时到故宫文华殿看曹雪芹事迹画预展，此为第二次改稿，是根据上次预展后多人所提意见改的。五时返家。晚阅书至十时，服药二枚如

例，于十二时许入睡。

六月十七日，晴，有风，热风，干燥，卅五度、十八度、

昨入睡后仅二小时即醒，加服以一枚，又以二小时又醒，此后久久不能入睡，又服以一枚，又以半小时始乃得眠，此时已为今晨四时半左右。七时许又醒，七时半起身，做清洁工作及家务劳动一小时，上午阅书，散，参资，处理杂事，连日睡不安枕，想因用脑过度，今日拟稍休

真，且天气陡然转热。中午小睡一小时。下午处理杂事。五时与何任赴北京医院唁倪衡老，今晨得知，他于今晨三时许因心脏病逝世。六时赴北京饭店，出席尼日尔国庆招待会。七时半返家，阅电视至九时，服药三枚，安倒，又阅书至十一时入睡。

六月十二日，晴，热风，四十度，廿度。

昨入睡后两小时即醒，加服

以一般，四时许又醒，久久不能入睡，进酸枣膏一小匙，按此为中医开方，仍列代安睡药，为国丹无效，乃处方服用。又闻打来一小时始入睡，五时许醒来，六时半起身，做清洁工作及家务劳动一小时，上午阅报、参资、处理杂务事，中午小睡一小时，下午处理杂务事，今日甚热，室内最凉处卅度，屋外则高十度，如开窗则室内亦将升高五、六度，此为最近数日温度最高三十一度。晚阅电视至九时，又阅书至十时，服药二枚，十一时许入睡。

六月十三日，晴，有风，廿七度—二十度。

昨入睡后依然两小时即醒，加服M一枚后又两小时又醒来了。五时后未能再睡。偃卧至六时起身。做清洁工作及家务劳动一小时。上午就「关于曹雪芹」文作部分文字上之修改，增加「时代背景」的简略叙说约四百字。阅报，参资，处理杂小事。中午少睡一小时。下午三时许赴怀仁堂听总理報告。(此系继续两个星期前那一次的)。七时半返家。飯後至部中小放映室看墨西哥影片"消失了的琴声"。九时许返家，服藥二枚，阅书至十時，又服酸棗膏一小匙，不久即入睡。

六月十曰，晴，有風，卅四度，十九度。

昨入睡後，一覺至今晨五时始醒，此為年来少有之现象。但不能再眠睡矣。五时三刻起身，做清洁工作及家務劳九时参加公祭沈衡山。

动一小时。阅报、参资，处理杂事。中午小睡一小时。下午处理杂公事，晚阅电视至九时，又阅书至十时，服药二枚安例，又阅书至十一时，又服酸枣仁一小匙，约半小时后入睡。

六月十五日，晴，有风，廿五度，十九度。

昨入睡后仅睡二小时许即醒一次，其间加服门一枚。六时许起身，做清洁工作及家务劳动一小时。阅报、参资，处理杂公事，修改关于曹雪芹，加写一小段講時代背景[redacted]（四百字）。
中午小睡一小時。下午閱書刊。六
時半赴人大、參加崔庸健委員長
招待我方之宴會。十時許返家，
服藥二枚，閱書至十一時許入睡。
六月十二日，晴，有風，卅六度，
廿二度。昨日為星期。
昨入睡後至今晨三時許醒一
次，加服藥一枚，六時許又醒，即
起身。做清潔工作及家務勞
動一小時。上午寫「幾點說明」之閱
報，參資。中午小睡一小時、下午
又在關於曹雪芹文尾加寫一小
段，約百字，簡述幾年來研究

工作中之錯点。又將昨日加写之一小段録一副本，然後將勘誤表，加写之兩段，及錢点後例之一併封好，明天送往作協油印。晚閲電視至九時，閲书至十時，服藥二枚安側，於十一時許入睡。

六月十七日，晴，有風，卅二度，廿三度。

今晨三時醒一次，加服门一枚，五時又醒即起身。做清洁工作及家务劳動一小時。七時半赴机場歡送朝鮮客人。八時半離机場返來，九時許到家。閲報，参資。中午小睡一小時。下午処理雜事。閱書刊。晚閱書函，十時服藥二枚如例，於十二時許入睡。

六月十八日，陰，有風，廿八度，二十二度。

今晨三時許醒來，加服冂一枚，五時許又醒，此後未再酣睡，六時起身，做清潔工作及家務勞動一小時。上午閱報，參資。處理雜事。中午小睡一小時。下午覆信。又閱紅樓夢資料編輯說明、目錄及第四卷原稿，此為朱南銑（一粟）編輯，將由中華書局出版，承其借觀，書已付排，將於七、八月出校，晚仍阅此项厚稿，至十一时完。此第四卷专辑至四以前散见于笔记中之红楼梦资料，大部分为习知者，但也有少数冷僻资料，並无卓特见解及可贵数据。惟惜价值都不高耳，此稿借来已一周，无暇读之，今晚必要阅毕，一便明日送回。服药二枚，少顷，十二时始入睡。

六月十九日，清晨有阵雨，后时有风，卅度、二十度。

今晨三时醒来，加服药一枚，五时又醒，旋又入睡，再醒则为七时矣。做清洁工作及家务劳动一小时。上午阅报，参资，如理雜事。中午小睡一小时。下午处理雜事。晚阅书至十时，服药二枚，於十一时许入睡。

六月二十日 晴，有风，卅二度，二十度。

昨入睡后三小时即醒，加服M一枚，又睡两小时许，一切如例。五时起身，做清洁工作及家务劳动一小时，上午阅报，参资。处理雜事。中午小睡一小时。下午阅书刊，覆信，晚阅电视一小时。又阅书至十时，服药二枚如例，又阅书至十一时入睡。

六月二十一日，晴，有风，卅五度、二十度。

昨入睡後一切如例，但於五时便醒再醒後不能再睡。上午阅报、参資、（五时後做清洁工作及家务劳動一小时，亦如例）。处理雜事，中午小睡一小时。晚去文化部中放映室看苏联影片（忘其名），九时許回家。（此為片乃驚險、偵探、還有少些黄色肉感成份三者之雜拌儿。故事背景是某一資本主義國家，資本家想用科学家所研究出的為謀利之資，竟然也举

露了一点点，但只是一点点而已，而且
该资本家并非垄断资本家而
只是一个小小的有一条船，雇用
十数人去海上採珠的船主而已。至
於科学家之表现尤为想入非非，
他在自己儿子身上用过手术，把当
鱼的鳃移植於儿子身上，因此他的
生活在水裡，科学家据此，他想着
他们建立一个水下共和国。中间主要
情节为此蛙人、船主、及一女郎之
三角恋爱。此片用了不少特技，如海
底情况，但比我曾见同类之美国
片则又不如远甚。但想性既很拙
劣，技巧又差，此正表见苏联近

本来电影之退步。盖自苏共二十大以后，苏联电影不出两类，一为修正主义服务的，大抵宣传战争恐怖，如雁南飞、一个士兵的遭遇等等，一即脱离现实、现脱离今日之阶级斗争而以惊险、三角恋爱，以迎合庸俗内容取媚于对政治厌倦但图官能刺激之堕落的青年，如此片是也。）服药二枚后又阅书至十时入睡。

六月二十二日，晴，有风，卅二度、二十度，

昨入睡后一切如例，今晨五时许醒后不能再睡，六时起身，做清

洁工作及家务劳动一小时。上午
阅报、参资。大便后脱肛严重、
指后淋漓，僵卧三个小时仍然未
复原状。中午小睡一小时，但时时
醒，合计约有一小时而已。下午三时许
脱肛似已缩进，乃赴文华殿看曹
雪芹纪念展览之医展，亦为书
画性质。五时许返家。又阅书，晚阅电视
至九时，服药三枚，于十时许入睡。
六月二十三日，晴，有风，如昨。
昨入睡后，于早晨五时许醒来，
再进药一枚，就已不利入睡，因昨
日找到一个女工，由此清早督工，
使制制不休也。做清洁工作事

九时。上午阅报，参资，覆信。（今日是星期。）中午小睡一小时。下午试压缩「关於曹雪芹」之史事一附注，并作文字上之修改。晚阅电视至九时，服药二枚，又阅书至十一时许入睡。

六月二十四日，晴，有大风，廿四度，十八度。送还吴恩裕借来之红楼梦新解。

昨入睡后仍然至今晨四时许醒来，加服药一枚，然已不再酣睡矣。六时起身，做清洁工作及家务劳动一小时。上午阅报，参资，将昨日压缩并作文字之四文録一副本。中文少睡一少时。下午們就已壓縮之附註再斟酌，至六时始藏事。晚閲书至十时服藥二枚如例，十一时半入睡。

六月二十五日，晴，熱，卅五度，卅二度。

今晨四时許醒来，加服一枚，旋又入睡，六时再醒，即起身。做清洁工作半小时。上午閲報，参資。处理雜事。中午小睡一小时。下午赴政協出席和大考察團座為支持朝鮮人民反美愛國斗爭月所召開之大會，五时許返家。晚閱電視一小时，又閱书刊，十时服药二枚，於十一时半入睡。

六月二十三日，晴，卅八度，十九度。

凌晨四时許醒，又睡，六时許再醒，即起身，做清潔工作及家务劳動一小时。上午閱報、參資，處理雜事，中午小睡一小时，下午三时，即至

麟、啟文并来侠，五时许辞
去。晚阅《霞观》一小时，又阅书
至十时，服草二枚多例，又阅
书至十一时半入睡。
六月二十七日，阴，晚十时许。
雷雨，但不过十来分钟雨即止。
卅五度，二十度。温度亦不过卅
六度而已，但闷热，大风。
今晨五时许醒来，又服M一枚，
既而不能再睡，六时起身，做清
洁工作及家务劳动一小时。上午
阅报，作书与卲基麟并送去

関於曹雪芹之校定稿，俾先付翻译。阅参资。处理杂事。中午少睡一小时，因太热，睡不酣。下午阅书。晚去部在小放映室看苏联影片《伟大的年月》，此为保卫国战争者，无原则地宣传战争之残酷，与《一个士兵的歌》伯仲之间，但此片不同于士兵颂歌之类者，在于一、也有若干镜头表扬人民之爱国、英勇、相信最后胜利属于他们（苏联人民），但因此却又反映出影片中之军队，自将军以至士兵，却并无远样的自信；二、此片比较不大醜化苏军士兵，虽然也没有写这些不怕牺牲的士兵是有政治觉悟的士兵，同时，谁在领导战争，在影片中不但无镜头，也无对白说明，因此，这部影片也是脱离政治的；三、此片强调战争卫国之民族的意义而完全不提（甚至有点抹煞）这也是阶级斗争，因此，整个影片之基调一为资产阶级民族主义，一为资产阶级和平主义。此片现作内部参考。晚九时许返家，服药二枚如例，又阅书至十时许入睡。

六月二十八日，晴，多云，有风，卅二度，二十度。

今晨四时许醒来，加服门一枚，旋又睡，六时起身，做清洁工作及家务劳动一小时，上午阅报，资，写了忆衡老，为民盟征稿而作也。又就西楼人、烽火的年月两部片写信与徐克青，建议把看过烽片者组织座谈，使能对为修正主义服务的伪装巧妙的影片有所提高认识，中午小睡一小时，下午阅书，处理杂事，晚九时半在人民

原境看湖北、宜昌市宰厨周屋

出茶山七仙女宰厨。此為现代厨、。

内容如下：鄂西茶区、山大人稀、缺

少勞動力、採茶不耐重頗、五八年

並路线光揮照耀之下、張大珍寺

七仙女社員、革新採茶技術、提高

每人每日採茶量三倍多至四倍、於

是解決了矛盾、取得棉茶採双半

收、變窮社為富社。當時寺提倡

革新技術、茶粮並頗时、老農反

老經驗之採茶手均反对、經過保

守思想與先進思想之斗爭、党的組

之大力支持、終於克服保守思想、

解決了採茶矛盾、云云。

此剧故事简單而且所經革新操茶技術者，实為改進操作方法，所經操作操茶者是也。而所識操手操茶者四剧中表演，实為左右開弓，双手操茶，结果创造每天十五、六斤提高到二十四、五斤，但川大邓自己的记录，而未達到川所自定的目標卅斤。回来，她從鸡啄食法到那裡，把茶筐放在面前而不是揹在背上，省力省时，果然採量提高了。據此看来，這个改變操作方法实甚简單易行，而剧中了老佳驗經過數年也学不會，未免人為地制造矛盾，以增加戲剧性。

茶筐揹在背上，採摘茶叶丢反手将茶叶放在筐里，费时费力，本甚明显，筐放面前即可省时省力，要甚容易想到，何以後人竟要不同，直待帅大珍她是積極分子，採茶好手偶然像鸡啄食上面到那裏呢？这也不太合情合理。由此看来，剧本故事存在缺点，但唱工多，鉄々儘賣唱的不坏。全剧共九場，也稍长些，而又冗漏。休息时已九时二十分，我因累了，乃先歸，到家时已十时。服藥二枚如例，又阅书，至十一时半入睡。

六月二十九日，陰，有风，廿四度至二十度。

今晨三时醒一次，加服门一枚，五时又醒，即未再酣眠，六时起身，做清洁工作及家务劳动一时。九时出席国务院全体会议。十时返家，阅报，参资。中午小睡半小时。阴热，密云不雨。下午阅书刊，四时半赴机场欢迎日本作家代表团，团长为木下顺二，即开罗会议时，日本代表团之团长也。他访问中国，此为第三次。六时十五分返抵家。晚阅电视一小时，《诗朗诵会》，似不见佳；朗诵者口齿不清，表情不自然；广播电台一广播员朗诵毛主席《沁园

者《咏雪》，尤甚使人作呕。看来他只
是表面上理解此词，而不能欣赏此
词之瑰丽奇伟，故诵来味同嚼
蠟也。」九时半服药二枚如例，又
阅预甚之「關於第二个五年计画的
两年的调整计划执行情况的
報告」草稿。下星二國务院全体
會议将讨论此報告。十时入睡。
六月卅日，阴。晨五时半雷
声殷殷，大雨十分钟而已。如昨。
今晨三时醒一次，加服川一枚，五
时又醒，困甚，然不能再睡，六时起
身，做清洁工作及家务劳动
一小时。上午阅報，处理杂事。

阅参资。中午小睡。下午处理杂
事。五时半到人大浙江厅接见
日代表团。七时宴会。九时半返
家。服药二枚如例。又阅书至十一
时入睡。
今日为星期。仍闷热。

六三年七月一日，晴，闷热，
有廿八，卅六度，廿度，
昨晚太热了，睡不安枕，今
晨五时醒后不能再睡，六时
起身，做清洁工作及家务
劳动一小时，上午阅报，参资。
因楼上太热，改在藏书室
屋内作息，稍觉舒畅，但
帆布床不惯睡，中午只朦
胧了一小时许，实未酣睡，下
午处理杂事，阅书，六时
赴北京饭店出席加纳国庆

招待會，七时半返家。北京飯店之宴會廳有冷气設備，此宴會廳时均觉热气逼人，回家则尤闷热。閲书至十时，服藥二枚如例，然至十二时许方始入睡。

七月二日，晨三时许為雷声驚醒，旋即大雨，约二十分鐘漸小，至六时停止，无风，卅四、五度，二十度，仍闷热，

今晨三时醒後约半时始又入睡，六时又醒，即起身，做清洁工作及家务劳動

一小时，处理杂事，十时出席國务院全体會議，七时许又下了一阵小雨，天色阴霾，看来还會下，午后一时返家，午饭后阅参资、白报，处理杂事。晚阅电视一小时，九时许阅书，十时服药二枚如例，十一时许入睡。

七月三日，晴，小风，卅三度—十九度。

今晨三时醒来，加服M一枚，六时许再醒，乃起身，做清洁卫及家务劳动一小时。

上午阅报，参资，处理杂事。中午小睡一小时，下午阅文书刊，晚阅电视至九时，服药二枚，又阅书至十一时许入睡，今日较为凉快，有东风。

七月四日，晴，小风，廿五度、廿三度。

今晨三时醒一次，加服门一枚，六时许又醒，即起身，做清洁工作及家务劳动一小时。上午九时赴作协开书记处会议，十二时返家。中午小睡半小时。

下午阅报、参资、处理杂事、

晚阅電视至九时、服药二枚、

又阅书至十一时许入睡、

十月五日、晴、有风、此为热风、卅六度、卅四度。

今晨三时醒一次、加服M一枚、五时又醒、即起身、做清洁工作及家务一小时。六时半赴机场欢迎中美两党谈判我方代表团、到机场欢迎者约三百余人、为党、政、軍、人民团体之负责人、代表使团到机場欢迎者，除英、东欧国家、越南大使，朝鲜临时代办外，向有印尼临时代办。七时半去机起飞。八时廿分返抵家。九时廿分赴人大出席讨论两个李副总理所作之报告。十一时半散会。中午小睡半小时。阅参资、四报、二时半理发。三时半们出八大讨论报告，五时散会。八时到怀仁堂看北京市青年河北梆子剧团演出三关排宴。十时半返家，服药二校，阅文件至十二时许入睡。

七月六日，阴，闷热，九时后南风大作，阴霾四合，然而终未下雨。天气预报谓傍晚有风，夜间有雨，然而却没有。但夜间颇觉凉爽耳。卅度、苦度。

今晨醒来已为五时。未能服川剂，未再睡，但卧至五时半起身，做清洁工作及家务劳动一小时。八时半赴杭大出席座谈会，十二时返。中午小睡半时，阅报，参观，四时赴人大出席小组会。六时返家。晚阅电视一小时，又阅书至九时，服药二枚后卧，又阅书至十一时入睡。

七月廿七日 晴，小风，卅二度，二十度。

今晨三时许醒来，加服门一枚，六时许又醒，七时半起身，做清洁工作及家务劳动一小时。为楼适夷写字一幅，录七月间旧作七律二首，文字下：

六三年五月闻毅偶赋二律、
闻道先生欲劝倦，路人嗤笑
路人惊。负肩纸特当年事，
首施两端此日情。不有幼，趣
使海内，手衔跪持日和平。
何须定论到拔盖，政客向更
洒也派。播撒舞人尊士
乐，乐众子不竞妖娆。人人连
信旧班底，牛鬼蛇神，封
言潮。革命斗争太艰苦，
和平过渡最逍遥。当初搀
唱更明挂，谜责声声不相饶。

上午阅报、参资。中午小睡一小时
下午处理杂事。今日为星期。
晚阅电视至九时，又阅书至十
时服药二枚，於十一时许入睡。
七月八日，晴，多云，气温卅
五度、二十七度。
今晨三时醒来，加服以一枚，
六时许再醒，此后即不能酣
睡，朦胧至七时起身。做清
洁及家务劳动一小时。
处理杂公事。阅报、参资。
中午小睡一小时。下午三时半
列席人大常委会，阅遐理

作了阅于国内外形势之报告。七时半散会返家。晚阅书至十时，服药二枚如例，于十一时许入睡。

七月九日，多雨，有风，东风，卅五度、廿二度。

今晨三时醒，醒后加服门一枚，五时又醒，不能再睡。僵卧至六时起身，做清洁工作及家务劳动一小时。上午处理积压信件十三、四封，阅报、参资。中午小睡一小时。下午阅书，处理杂公事，晚阅電视一小时，又阅书至十时许服药二枚，於十一时许入睡。

七月十日，晴，有风，廿三度，廿七度。

今晨一时许即醒，加服M1一枚，三时许又醒，再服M1一枚，五时许又醒，此时再酣睡，六时十五分起身。昨夜较热，做清洁工作及家务劳动一小时，處理郵件来，阅报，中午小睡一小时，下午阅参資。五时半赴人大山东廳出席欢送日本作家代表团之宴

會、十时许返家。阅吴祖光新
编之京剧凤求凰，卓文君故事，
十一时许服药二枚，又阅凤求凰
至十二时许入睡。
七月十七日，晴，有风，卅四度、
卅二度。
今晨四时许醒来，加服川一枚，
又大便，仍于五时始再入睡，六时
许醒即起身，做清洁工作及家
务劳动一小时。七时十分驱车赴
机场，到时则日本作家代表团均寺
尚未来，少顷，日本画家代表团
来了，乃与寒暄。移时，作家代

表团也来」。两代表团同机赴延安。八时起飞，九时返抵家。上午阅「关於曹雪芹」之英译，（译文未能使人满意，且有数处译得不对）、又删节了附注（節存八面，原为十二面，打印稿），一併送交葉君健。阅报、参资。中午小睡约半小时。下阅「中国文学」送来关於该刊的方针任务、编辑、选题计划等资料，並写了意见，预备明日送给他们。（明日上午将就「中国文学」开会，我不打算去了。）下午赴蒙古国庆招待会，七时半返家。阅电视半小时，又阅书至十时，服药二校，於十一時許入睡。

七月十二日，上午陰，有毛毛雨，以十點鐘即止。下午放晴，有風，卅度，廿度。今日殊涼爽。

昨入睡後一覺醒來，已為今晨五時許，不願亦不敢再睡。即起身，做清潔作及家務勞動一小時。上午處理雜事，閱戲劇報，參資。中午睡了二小時。下午修改前為戲曲學院編劇講習會所作的演講。五點半休息。晚飯後，去文化部大禮堂看英國前外交官卡爾敦伯爵，及新聞簡報、紀錄片等，十時半始返家。服藥二枚如例，於十二时半入睡。

七月十三日，晴，午後多雲，闷热。當度，廿三度，

今晨四时许醒来，加服门一枚后又睡至六时再醒，即起身，做清洁工作及家务劳动一小时。上午续修改前在锡剧讲习会之讲演稿，阅報、参資。中午小睡一小时，三时接见锡兰大使，与其洞同國，此来為辞行也，处理對外事，下午五时半，赴大会福建厅，妇联宴请印尼、尼泊尔、南罗得西亚、南非、四國妇女代表，

我以亚非团结委员会副主席出席此宴会。九时半返家，十时服药二枚如例，又阅书至十一时半入睡。

七月十一日，星期二，有风，微而闷热，多云，下午六时半骤雨，至佳，但一小时始止。卅度，廿度。

今晨三时许醒来，加服M一枚，五时许再睡，六时起身。做清洁工作及家务劳动一小时。上午续修改前在编剧讲习会所作讲演之纪录。阅报及参资。中午小睡一小时许。下午因闷热，不作何事。晚阅电视一小时，九

时半服药二枚如例，又阅书至十

时半入睡。

七月十五日 晴，昨夜盖有

大雨，今天并不凉爽，湿度仍

高。此可以门窗及衣橱上之裂

纹验之，橱上裂纹，冬日宽可容

指，而近日则天衣无缝矣。卅二度，

二十度。

昨入睡后至今晨四时许醒

来，加服门一枚，又睡至七时许起

身。然仍觉困乏。做读书工作及

家务劳动一小时。今日报帋迟

到。十时许始与参考资料同时

收到，在此以前，躺在床上阅书，不觉打了个盹。阅报、参资。由中午小睡一小时。二时半赴人大礼堂出席首都各界反对美帝侵略越南南方、支持越南人民和平统一斗争大会。五时散会即回家。七时半到首都剧场看北京实验京剧团演出新排历史剧于谦。十时半返抵家。服药二枚丸倒，于十一时半入睡。

七月十六日，晴，时有云，有风。卅五度，廿三度。

昨入睡后两小时许即醒，加服

川一枚，此后仍每两小时醒一次，六时起身，并甚倦，此后不能再耐睡矣。做清洁工作及家务劳动一小时。上午阅报，参资，处理杂务。中午小睡一小时许，下午阅书，处理杂公事。晚八时在人大三楼小礼堂看西藏军区文工团演出五幕话剧雪山朝阳，十时半返家，服药二枚，又阅书至十二时半入睡。

七月十七日，晴，午后有雷雨，约半小时即止，雨势不大，有风，卅六度，廿七度。
昨入睡后约二小时即醒一次，加服ㄇ一枚后仍然如此，五时许起身，做清洁工作及家务劳动一小时。上午阅报、参资、处理杂公事，中午小睡一小时，甚热，下午阅书，晚阅电视半小时，又阅书至九时半服药二枚如例，又阅书至十一时许入睡。

七月十八日，阴，后晴，有风，卅四度，廿二度。
昨入睡后仍然二小时许便醒一次，再后因过于天热，毋五时起身，做清洁工作及家务劳动一小时。上午阅报、参资、处理杂公事。中午小睡一小时。下午阅书。四时半赴四川饭店，作协书记处为访越归来之巴金及李束为设便餐，并融其学校也。八时半返家。阅书至十时服药三枚，于十一时许入睡。

七月廿九日。晴，有风。卅二度，廿度。预报有雷雨，然而竟无。或许郊区有之。

昨入睡后仍然每隔两小时即醒一次，六时起身，稍扰涔涔然也。

做清洁工作及家务劳动一小时。
上午阅报、参资、处理杂公事。
中午小睡一小时。下午处理杂公事、
阅朱南铣送来「林四娘是抗清
战死的麽？」文。此為驳聂石樵者，
聂於六二年六月十七日光明副刊文
学遗产「林四娘的艺术处理」一文
中以为林四娘為抗清而死，曹雪
芹於红楼梦中写老学士闲徵姽
婳词，本回中肯定林，足徵曹有
民族思想云云。朱稿於同年八月
写成，投给文遗编辑部，但文遗编
辑旋以文长（廿页，不过五、六千字）為辞，仍拟刊於文学遺產特輯增刊云云。
本年一九八三年二月十九日文遺增刊編輯
部又书面通知已將此文編進將要
付排之增刊第十四輯，并請朱核
对其文中之引文，朱当即如命办
理。但今年五月又接信謂改編入第
十五輯，并已付排，三个月内可出书。
但七月中又接信則謂增刊決停，
原此稿退还云云。此事前后经过一年，
在此期间，文学遺產出过四十多
期，文长五六千字者甚多，何以
朱稿推三推四，终於退还？朱因
此甚為不满，將稿寄我，要求公
平对待百花家齐放争鸣云云。

查文遗登刊聂文、确是冒失、而以文嫌短、不肯在文遗上刊出聂之朱稿、终於退稿、先怪朱情々不平也。拟将此稿转交唐弢、看文学评论上能否发表？

晚间于正九时、服药二枚后例、於十时半入睡。

七月二十日、晴、有风、入晚渐大。卅二度、卅三度、闷热。预报有阵雨、然而没有。

今晨三时以前醒过三次、每次相间二小时许。六时起身、做清洁及家务劳动一小时。八时出外理发。九时半返、处理杂事、阅参考消息、日报。中午小睡一两时。下午处理杂公事。三时四十分赴国际俱乐部，为庆祝波国庆以中波友协名义举行酒会，请波大使夫妇及使馆人员，计到波方卅余人，我方七、八十人。五时卅分散。晚看电视至九时，服药二枚，又阅书至十二时入睡。

七月二十三日，晴，多云，预报傍晚有雷雨，然而竟无。

昨夜睡后于今晨三时醒一次，加服药一枚，旋又入睡，五时许再醒，即起身。做清洁工作及家务劳动一小时。今日为星期。上午阅报、参资。下午一时十五分赴新卯机场，欢迎中共代表团君莫斯科地方法判者）回来，返抵家时为三时。今日甚热，下午有风，密云不雨。晚阅电视至九时，服药二枚，又阅书至十时半入睡。

七月二十二日，阴，十时后大雨，约一小时许始止。雨前十分闷热，雨后较可，有风。卅二度、廿六度。

昨夜十分闷热，睡不安枕，今晨五时醒后，即未能再睡。六时许起身，做清洁工作及家务劳动一小时。上午覆信、阅報、参资。中午小睡半小时。闷热、流汗，睡不稳。下午阅书刊。五时到波兰大使館出席波国庆节（他们自称为国家复兴节）。七时半返家，阅书至十时服药二枚，安眠，於十二时许入睡。（小铜於今日赴津治眼疾。）

七月二十三日，晴，多云，仍然闷热。有风。卅三度，廿度。

今晨五时许起身以前，醒过两次，加服M一枚。做清洁工作

及家务劳动一小时。阅报、参

资，处理杂公事。中午小睡一小

时。下午阅书刊。处理杂公事。六

时赴北京饭店，出席阿联之

国庆招待会，八时返家。晚阅

电视半小时。又阅书至十时服药

二枚，于十二时许入睡。

七月二十四日，早晨阴云，九时

许下雨，初甚大，后渐小，午后雨止，

仍甚闷热。晚八时许又下小雨，十

时后雨止。卅四度，廿三度。有风。

昨入睡后约二小时即醒，不得

再睡，小半时后再服S剂（红色胶囊者）一枚，睡至六时又醒，仍甚困，然已不便再睡，做清洁工作及家务劳动一小时，阅报、参资、书刊。中午小睡一小时。下午仍阅书刊。三时许齐燕铭来谈，半时。七时赴人大，出席欢迎朝鲜和平委员会主席等之宴会。九时半返家，十时服药二枚如例，至十二时尚不能成眠，乃加服S剂一枚，半小时后始入睡。

七月二十五日，晴，有风，较昨

凉爽，卅二度，廿三度。

今晨四时许醒来，旋又睡至六时许，即起身。做清洁工作及家务劳动一小时。阅报、参考资料、书刊。中午小睡一小时。下午二时半赴故宫文华殿看曹雪芹纪念展览会。五时半至文联小吃部，六时返家。晚阅书至九时服药二枚，至十二时仍无睡意，乃加服S剂一枚，约半小时后入睡。

七月廿六日，晴，上午有雨，有风，卅二度，廿三度。

今晨六时起身前醒两次，

加服川一枚，做清洁工作及家务劳动一小时。上午阅报、参资，处理雜务。中午小睡一小时。下午三时赴人大會堂，出席首都各界為庆祝朝鮮祖國解放战争勝利十周年所举行之集會。五时许返家。六时半又出席古巴代表為古巴人民武装起义十周年举行之招待會。八时返家，阅书至九时半，服药二枚，如厕，於十一时许入睡。

七月二十七日。阴，上午有阵雨，

有风，下午六时又有阵雨，均不大，卅度，廿二度。
今晨五时半起身前，曾醒两次，加服川一枚，做清洁作一小时。九时，副部长们汇报，十二时散。中午小睡一小时。下午阅报、参资，处理杂文件。晚七时赴人大新疆厅，朝鲜代表为庆祝朝鲜祖国解放战争胜利十周年举行宴会。九时半返家。阅电视半小时。又阅书至十时半，服药二枚后，倒，又阅书至十二时许入睡。

七月廿八日，晴，有风，卅度，廿三度。今日为星期。

今晨四时许醒来，加服Ⅲ一枚，六时半又醒，即起身。做清洁工作及家务劳动一小时，上午阅报，参资，处理杂事。中午小睡半小时。下午阅书，小宁于上午九时许来，随即未去。晚八时阅电视半小时，九时，霸从天津来，述小钢左眼动手术情况，经过良好，小曼于昨日赴津替回霸。

九时半，霜甥士宁自去，阅书至十时半服药三枚如例，于十一时半入睡。

七月廿九日，晴，卅四度，卅二度，有风，尚不甚热。

今晨三时醒来后又睡，六时半又醒，即起身，做清洁工作及家务劳动一小时。上午处理杂公事，阅报，参读，中午小睡一小时，下午阅书刊。晚八时至人大三楼小礼堂看越剧春草闯府，十一时许返家。服药二枚，如厕，阅书至十二时半入睡。

七月卅日，晴，有风，然而闷热。卅四度，廿四度。

今晨五时起身，前醒两次，加服门一枚。上午处理杂公事，阅报，参资。中午小睡一小时。下午阅书刊。晚阅电视一小时，后又阅书至十时，服药二枚，于十时许入睡。

七月卅一日，晴，多云，有风，然而闷热。卅四度，廿三度。

今晨五时起身前仍醒两次。做清洁工作及家务劳动一小时。上午阅报、参资、处理杂公事。中午未能小睡，因太热也。下午阅书，晚阅电视一小时许，又阅书至十时服药二枚安剂，於十一时许入睡。

六三年八月二日，晴多云，仍闷热，有风，如昨。

今晨三时许醒来，加服N一粒，久久始复入睡，而五时又醒，后又睡，七时半起身。昨夜闷热，后来夜风止，尤热不可耐。做清洁及家务劳动一小时，覆唐弢信（唐信盖为朱南铣稿子而覆我去月十九日之信也），唐信谓文学评论非文史性质之刊物，不刊利用朱稿，拟介绍于

无定刊物，然并所以无刊登，
据请我先询来意，并请无谅
解(登)云云。又给朱南铣信，
并附唐信，借无参考。阅报，
参资，处理杂事。中午少睡
未少时，天热睡不能安枕。下午三时
赴人大会堂，出席首都各界人
民支持第九届禁止原子弹
氢弹世界大会，和日本人民反
帝爱国斗争大会。七时半返
抵家。饭后阅电视，八时半鱼
霸、士曼、士宁来了。始知士曼於

昨夜回京、霸即来去天津、小钢已拆线、现仅一目遮裹、且有小伴四、五人、不堪寂寞、故而小曼先回、霸每不去、而定於下星期一去天津接小钢出院。据云手術後效果良好云云、阅電视至十时半、服药二枚、又阅书至十二时半始入睡、

八月二日、多云、有东风、卅三度、最高度、仍闷热。

今晨二时许即醒、加服M一枚、後又入睡但不酣、天气甚热、无风。五时许又醒、即未能再睡、

朦胧五时许起身，做清洁工作及家务劳动一小时，阅书、报、参资，处理杂七事。中午小睡一小时。下午三时赴人大河北厅，统战部召集各民主党派、民主人士、人民团体负责人约百来人，听彭真同志讲中苏会谈经过情况。六时许返家。看电视至九时半，服药二枚，阅书报，十时即有睡意，于是闭卷，但不料竟不能入睡，直至十二时以后方才睡着。

八月三日，阴，潮闷热。晨五

时即有阵雨，不久即止。大风，温度如昨。晚七时许东南风大作，电光闪闪，但只下了几点雨。昨入睡后，三点时即醒，加服片一枚，今晨五时许又醒，倦甚，然而不能再睡。六时许起身，做清洁工作及家务劳动一小时。覆朱南铣昨日来信，又给唐弢一信，他们拟为朱稿刊登问题。阅报、参资。十一时许，叶君健来谈中国文学书，半小时去。中午欲睡而不能入睡。下午阅书，处理杂务事。晚阅电视至九时半，服药二枚，又阅书至十二时许入睡。

八月四日，多云，仍闷热。晨四时大雨如注，旋即止。下午又有大雨，有风，卅度、只二度。昨夜十分闷热，睡不安枕。今晨三时、五时许即不能再睡，闷热。起身，做清洁工作及家务劳动一小时。上午理发，阅报、参资。中午小睡一小时。下午阅书。三时赴首都机场欢迎索马里共和国总理，五时许返抵家。七时赴人大宴会厅，出席周总理为欢迎索马里总理举行之宴会。十时半返家。服药二枚，又阅书至十二时许入睡。

八月五日，阴，有风，仍闷热，但已较差，卅二度、卅二度。

今晨六时起身前醒过两次，服以利一粒，做清洁工作及家务劳动一小时，阅报，参资，处理杂事。中午小睡一小时，下午阅书刊，（今日上午倦甚，昏昏欲睡，似因连日燠热，睡眠不佳，今日脉较疾快，故昏昏欲睡耶？）处理杂事，晚七时半赴人大，直至代部长中国非洲友好协会于今晚八时请索马里贵宾们看戏（在三楼中礼堂）。十一时戏完，返抵家时已十二时末，服药二枚，於十二时半入睡。

八月六日，阴，有雨，时大时小，小风。廿九度，廿三度。

今晨四时许醒一次，加服门一枚，六时半又醒，即起身。做清洁工作及家务劳动一小时。上午阅报，参消，处理杂事，中午小睡一小时。下午阅书，处理杂事。晚六时半赴人大新疆厅，作协宴请在印尼巴里开会（亚非作家会议执行委员会（例会），以应邀来我国访问之朝、越、日、桂尼亚、南罗门西亚五国之代表。九时半宴会完毕，返家。服药二枚，阅书至十一时入睡。大刚昨出院，今日下午来。

八月七日，阴，中雨后晴，中风。廿五度，廿三度。今日甚凉。

今晨四时许醒来，旋又入睡，五时半又醒，即起身，做清洁卫生及家务劳动一小时。上午阅报、参、阅，中午小睡一小时。下午处理杂事。阅书。晚阅电视至九时，服药二枚，又阅书至十一时入睡。

八月八日，今日立秋。暴雨两阵数次。小风，廿五度、卅三度。

今晨三时许醒来，加服M剂一枚，六时半又醒，即起身。饭后清洁工作及家务劳动一小时。八时许，严文井、韩北屏来谈半小时去。阅报、参资。中午小睡半小时，暴雨，约半小时稍敛，此后续有暴雨，至晚稍小。下午阅书刊。晚阅电视至九时，又阅书刊至十时半，服药二枚，于十一时许入睡。

今日较凉。午后雨止。阅市区郊

巨馬路多處積水盈尺，電車不能通行。

八月九日，陰，上午有雨，即轉為暴雨，然不久即止。下午斷斷續續有雨，入晚雨止，有風，廿八度，廿六度。

昨晚大雨，陰，十時許開始，即停。晨六時即始積穀。上午稍時有小雨，即轉為暴雨。七時半起身，做清潔工作及家務勞動一小時。上午閱報，參資，處理雜公事。中午少睡一小時。下午閱刊物，處理雜公事。七時赴八大新疆班，李馬里忠理於此常行告別

宴會，九时未返家，服藥二枚，
於十二时許入睡。
八月廿日，上午多雲，下午晴，小
風，廿九度，廿二度。
昨晨四时許醒來，即不能再睡，
即又朦朧了一小时，七时起身，做
清洁作及家务劳动一小时。
十时出发赴机場，索馬理总理一
行定於八时許起飛，但到了机
場，即知伊尔库斯克天气不好，
須待十时後方知能否起身，时在
机場欢迎者，群众千餘人，各部
部長及其他高級官吏共约百人，

外交使团人员共有三四十人。十一时
说十一时半可以举行欢迎仪式，即
可起飞。此时机场上烈日当空，
万里无云。待举行仪式已一半，又
闻窃窃私语，前边仍不接受。仪
式毕，客人上车回宾馆，送客者
共可返。我抵家时已十二时半矣。
饭后阅报、参资。二时半又赴政
协礼堂，欢迎西班牙作家出席巴黎会
议之访华代表五国二人，于此举行。
六时许返家。晚阅电视到九时
半，又服药二枚许，又阅书到十
一时许入睡。

八月十一日，晴，西风，卅六度，廿六度，今日为星期。

今晨四时许醒来，即又睡，七时半再醒，即起身。上午阅报，参人噫。清洁庭及家务劳动一小时。

中午小睡一小时。下午三时赴故宫文华殿看曹雪芹展览会，此为第四次大修改，特请陈急来一看，以便最近决定可否公开，盖自筹備至兹，已三阅月矣。七时许返家。晚阅电视至十时，又阅书至十一时半，服華二枚，復阅书至十二时入睡。

八月十二日，晴，有風，卅四度，
廿二度。
今晨三時許醒來，有不得再睡
之勢，乃加服化痰膠囊一枚（此
為速效性麻醉劑），旋又入睡，
六時半又醒，仍昏昏然猶在醉
意。做清潔工作及家務勞動
一小時。閱報，參資。处理雜公
事。中午小睡一小時。下午二時
赴人大會堂出席首都各界支
持美國黑人斗爭、譴責美國
種族歧視罪行万人大會。五時
半返家。七時半赴人大三樓小

礼堂看北崑剧团演出晴雯、(王崑崙编)、十一时半返家。服药二枚即倒，一小时后始入睡。

八月十三日，晴，有小风，卅四度，廿二度。

今晨三时醒一次，半小时后又入睡，五时半又醒，倦甚，然不能不起身矣。做清洁工作及家务劳动一小时。阅报、参资、处理杂七事，中午小睡一小时。下午阅书刊。晚阅书至九时半，服药二枚，又阅书至十一时许入睡。
八月十一日，晴，如昨，傍晚有
阵雨。晨三时许醒一次，五时又醒，
即起身。做清洁工作一小时。阅
报，参资，处理杂务事。中午小睡
一小时。下午阅书。晚阅书至九时
半服药二枚，十一时许入睡。
八月十二日，阴，上午有阵雨，不
大，晚九时许又有阵雨，颇大。卅
度，廿五度。
今晨三时醒后，旋又入睡，六时
许又醒，即起身，做清洁工作一
小时。九时赴舞蹈学校第七

届畢業典礼，此届畢業生六十
人，民族舞为芭蕾舞专業平
分秋色，女生較多，平均年齡十
八九岁，余講話並接见生畢業
证书照，散會，十二时返抵家，中
午小睡一小时，下午回校，參資
处理雜事，晚七时半到舞
校看匯報演出，演出單位除
舞校外，尚有音樂学院、北京
藝術学校、清華大学等校学
生，並皆為舞校民族舞专業畢
業生同赴長山列島作慰勞演

出者也。到舞校时大雨滂沱，归时雨止，颇為凉爽。阅书一小时，服药二枚，於十一时许入睡。

八月十六日，晴轉陰，有时微飄数点雨（此就本城区而言），有风，卅三度，廿二度。

今晨三时醒後又睡，五时再醒，即起身，做清洁工作及家务劳动一小时。九时前（四）处理雜公事。九时赴统战部阅讀文件（中共两党会谈纪录），十一时返家。凡两小时，阅讀第十方叢書三之二，此项发言是典型的自己言行相反、歪曲我方论点、捏造事实，对莫斯科宣言和开罗断章取义，作了随心所欲的解说，而文字又复以饶笔列为特点，极似当年胡风的论文，实在读来非常吃力。返家后阅报、参资。中午小睡一小时。下午三时再去统战部阅读文件，至5时，把第一轮的双方发言都读完了，此在印本中为第一册。我方发言，讲道理、摆事实，义正词严，读来痛快。此正所谓理直气壮，言词乾脆，而彼理屈口讷，责则无赖顶撞，其词闪烁也，晚阅书至墨西哥电影圣玛丽亚的珍珠，至本部大礼堂，九时半返家，服药二枚，又阅书至十二时入睡。

八月十七日，如昨，但上午阳光烁烂，下午则阴霾耳。

今晨四时许醒来即不能酣睡，朦胧至六时起身，做清洁工作半小时。处理杂务事，八时半唐璞来谈事半小时，九时，副部长们汇报工作。十一时半完，中午小

睡一小时。下午阅报、参资。三时赴
印尼国庆招待会。十时许返家。晚
阅電视至九时半，服药之后，
又阅书至十一时入睡。
八月十八日，阴，间有小雨，有风
卅二度、廿三度。
今晨三时醒来又睡，五时再
醒，即起身。做清洁工作及家务
劳动一小时。上午阅报、参资。中
午小睡一小时。下午处理杂事。
今日为星期。三时赴加纳使
馆之之庆祝中加友好条约签订

两週年纪念之冷餐招待會。
八时半返家，阅书至十时服藥
二枚如例，又阅书，至翌晨一时
许尚无睡意，乃加服红色胶囊
一枚，半小时后入睡。今晚之所
以未能入睡，想因在加纳使馆时
饮咖啡半杯之故。

八月十九日，阴，上下午皆有
阵雨，雨势不小，但时间不久。
有风，廿九度，二十度。

今晨四时许醒来，后又睡，
七时起身，做清洁工作及家

务劳动一小时，到微草胜。八时许赴華僑大楼理发，九时到总战部閲中共会谈记录、十时半返家，阅报，参资。中午小睡一小时，下午处理杂事。三时再赴总战部，五时返家，今日已阅會谈第二輪第三輪之纪录，共方发言仍然是典型的强词夺理，歪曲事实，绝非讨论问题的态度，司马昭之心，昭然若揭，彼盖存心加深分歧，而又不愿负破裂

之責任，乃以此為指導耳。英
方發言頗多恫嚇，乎古國的文
主文之惡劣態度，十分濃厚。
三时半赴四川飯店宴請訪
華之加纳、喀麥隆作家及同
從日本廣島大會歸來之英丹
作家凱尔及其夫人。九时返家，
服藥二枚始倒，聞十二时許
入睡。

八月二十日，晴，傍晚忽大風
雷，但無雨，移时而止，卅度，二十度。
今晨三时醒，後加服M一枚，
始入睡至六时許起身，做隨

清洁工作及家务劳动一小时。九时赴统战部阅两会讲话录第四册，至此记录阅完，中午小睡一小时。下午阅报、参资、处理杂务事、晚阅电视至八时半，又阅书至十时，服药三枚，又阅书刊一小时入睡。

八月二十一日，晴，有风，卅二度，十九度。

今晨五时起身前醒过一次，做清洁工作及家务劳动一小时。上午阅报、参资、处理杂务事。中午小睡一小时。下午阅书刊。晚七时赴人大山东厅出席和大亚非团结委员会为欢廣島向会归以邀来访问之亚非国家代表及我出席参加廣島大会之代表团。但因气候闷係，我代表团及少数外宾未到达，仅先来北京之锡兰、新西兰、加纳、喀麦隆、苏丹等国代表团出席今晚宴会。十时返家。服药二枚，又闭目到十二时以后始入睡。

八月二十二日，晴，少风，有时大些。廿八度，二十度。

早晨六时半醒来，前曾醒过

两次、做清洁工作及家务劳动一小时。上午阅报、参资、处理杂公事、中午小睡一小时。下午阅书刊、三时半邵荃麟、李季、杜麦青来谈至五时辞去。晚七时半赴朝鲜代办为朝访华代表团举行之告别宴会。十时半返家、服药二枚、阅书至十二时许就寝、继而不能熟睡、服眠片剂又醒、挨至翌晨四时半、再服红色胶囊一枚、旋即入睡。

八月二十三日、晴、多云、卅二

度，二十度。

今晨五时许醒，后再睡，至七时半起身。做清洁工作及家务劳动一小时。上午阅报、参资、處理雜公事。中午小睡一小时。下午阅书刊。晚六时赴罗馬尼亞國庆招待會，七时半返家。阅電視至十时，服藥二粒，又阅书至十二时半就寝。入睡。

十月二十四日，晴，多云，有风。

卅六度，二十六度。

今晨三时许醒一次，加服

门一枚，旋又入睡，六时半又醒，
即起身，做清洁作及家务
劳动一小时。九时作協书记处
會議，十一时散會，中午小睡
一小时，下午二时半赴人大，今
日為首都各界庆祝日本廣島
反原子弹氢弹第九届世界
大會勝利成功之万人大會，
五时半散會，尚有文藝演出，
我即返家，晚八时赴政協看
墨西哥彩色片躲藏的天堂，
十时半返家，服藥二枚，阅

报、参资，於十二时即入睡。

八月二十五日，晴，有风，卅三度，廿度。今日为星期

今晨四时许醒来又睡，六时许雷醒，但倦甚，将近七时始起身。做清洁之作及家务劳动一小时，上午阅报、参资，偕全家至文联小卖部吃中饭，中午小睡一小时，下午处理杂事，晚饭时赴政协参加乘凉晚会，有表演，歌唱，相声，说笑话之类，到的人极多，将大一个屋顶平台坐得满满，几无隙地，但表演实不甚

佳。十时返家，服药二枚，又阅书至十二时许入睡。

八月廿七日，晴，多云，廿一度—廿三度。晚间闷热。

今晨三时醒后，又睡至六时卅分醒，即起身。做清洁工作及家务劳动一小时。上午阅报、参资、十时卅分接见朝鲜话剧观摩团李丹等四人，此代表团为在朝上演霓虹灯下的哨兵特来观摩，将看人艺、青艺、总政话剧团、南京军区前线话剧团的演出及其他参观。中午小睡一小时。下午阅趙燕翼的小说。晚阅韩统良、华崇光的小说。十时服药二枚，十一时许入睡。

八月廿日 晴，多云，卅度，二十度。仍闷热。

今晨三时许醒来，加服药一枚，七时许又醒，即起身，做清洁工作，家务劳动一小时。九时赴科学院务扩大会议，为授印尼共主席艾地名誉学部委员事。在人大河北厅。阅报、参资，中午小睡一小时。

下午处理杂七事，阅陆文夫小说三篇，晚阅方之小说三篇，十时服药二枚，於十一时许入睡。

8月廿八日，晴，多云，小风，卅一度，廿三度，闷热。

今晨三时许醒后，加服1枚，然后不能酣睡，六时半起身，做清洁工作及家务劳动一小时，阅报、参资，处理杂七事，中午小睡一小时，下午阅吴连增小说及段荃法小说，晚阅书至九时，服药二枚，於十时许入睡。

8月廿九日，阴，闷热，早晨

有雨，移时即止。卅度，二十度。
今晨二时许醒来，加服Ⅲ一枚，五时许又醒，即起身，做清洁作及家务劳动一小时。上午阅报、参资，处理杂事。中午小睡一小时。下午作札记。晚在本部十楼映室看木偶片（自制）及英国片，九时半返家，服药二枚，阅书至十时半入睡。

八月廿日，阴，有时晴，有风卅度，廿三度。
今晨二时许醒来，加服Ⅲ一枚，以后又醒一次，泪在五时许，五时半又醒，即起身，做清洁工作家务劳动一小时。上午处理杂公事、阅报、参资。中午小睡一小时。下午三时赴作协与来北京学习之青年作家七人座谈。五时半返家。晚阅电视一小时。又阅书至十时半服药二枚，于十一时许入睡。

八月卅日，阴。上午有小阵雨。三级风。卅度，廿度。

今晨三时醒后又睡，五时许醒来，即起身。做清洁工作及家务劳动一小时。九时，副部长们汇报情况，十一时毕。阅报、参资。中午小睡一小时。下午三时赴文联听文联及北京市文联共同组织派往郊区楼梓庄公社之工作小组汇报工作情况，六时半毕，返家。晚阅电视半小时，又阅书至十时，服药二枚，十一时许入睡。

六三年九月十日，晴，三、四级南风，连日潮湿，今日突转凉燥。廿九度、十八度。今日为星期。

今晨二时许醒来旋又睡去，六时又醒，即起身。做清洁工作及家务劳动一小时。上午阅书、参资。中午小睡一小时，下午阅报。今日十二时后始收到本日之报。处理杂事。今日为星期。晚在本部㊥小放映室看新片（彩色）《刘三姐》，又阅书至十时，服药三枚，十一时许入睡。

九月十一日，晴，三、四级风，无

度、十六度、
今晨三时醒后，加服红色胶囊一枚，六时半又醒，即起身，做清洁工作及家务劳动一小时。上午处理杂公事，阅報、参资。中午小睡一小时。下午处理杂公事，阅书。六时出席越南大使为越南国庆举行之招待会，七时半返家。晚阅书刊至九时，服药二枚，于十时许入睡。

九月三日，晴，二级风，廿度、十九度、

今晨六时许醒来，加服红豆胶囊一枚，六时许又醒，即起身。做清洁工作及家务劳动一小时。七时三十分赴文联集合，七时四十分许，驱车赴华亭楼梓庄旁听三级干部大会。八时半到达，乃因麦克风失灵，修理就搁了时间，至九时半始开始，以社党委书记作动员报告并放包袱，约两小时，农民听众多有瞌睡者。后来大队长放包袱，农民都注意听，尽切身事故也。此大队长一向被认为（公社党委認為好干部，实乃盗墓賊、白面毒吸者等等，歷史反革命分子也。十一时宣佈休會，我和邵荃麟等四人於一时半先回，二时半抵家，閱報，參資。六时，總理接見朝鮮法制代表團，余陪見。七时半赴和大出席送別越南南方民族陣綫解放代表團團長阮氏萍之宴會。（六时半開會，我因陪見到遲）八时許散，即歸家。閱書至十时服藥二枚，於十一时許入睡。

九月四日，晴，四級風，卅度。

十七度。

今晨三时醒后加服M一枚，六时许又醒，即起身，做清洁工作及家务劳动一小时。上午处理杂事，阅报，参资。中午小睡一小时。下午阅报，书刊。七时半赴朝鲜临时代办为朝鲜话剧代表团举行之宴会。十时返家。服药三枚，阅书至十一时许入睡。

九月五日，晴，三级风，廿度，十七度。

今晨三时醒后又服M一枚

九时许再醒，即起身，做清洁卫生及家务劳动一小时。上午处理杂七事，阅报、参资。中午小睡一小时，下午阅书刊。五时赴人大新疆厅，为欢迎朝鲜话剧代表团举行酒会。七时半，到人大三楼中礼堂参加赠与印尼共产党主席艾地以中国科学院名誉学部委员之荣誉称号，并授与证书之典礼。原定七时半开始，但实是八时开始。九时许毕，返家为九时半，又阅报半小时，服药二枚，又阅书五十一时半入睡。

九月六日，晴，三四级风，卅一度，十六度。

今晨三时醒来又服川一枚，不时又醒，即起身，做清洁工作及家务劳动一小时，八时半赴首都剧场出席农村文化工作队汇报会，我讲了一小时的话，今天到会者约五六百人，座空一千人，大概因为今天报上发表了苏共中央领导同我们分歧的由来和发展之长文，而上午几次

廣播此文，不少單位都停止办公
听此廣播。中午阅报及参資，未
小睡。下午三时半赴文聯接见
巴西戲劇家卡丹（導演、演員），
原来同他同访问中國者，尚有
巴西美術家巴拉達，因病未来。
卡丹欣賞先鋒派，而巴拉達則
崇拜抽象派，並認為各種流
派的美術，其共同發展的归趋
似均是抽象派。（此皆闻之陪同
二人到各地参观的人員之轉述）。
二人先在苏聯访问，向我駐苏使
館要求来華访问，已到过上

海、苏州、南京，明日仍返苏联。

据闻卡丹為巴西的共產党党员，（修正主义派），但在我國访问期间，不谈政治，只谈文艺，而且文艺观点如上所述。卡丹屡次暗示、推荐巴西剧本在我门上演，并要自任导演。（他以苏联已接受此项要求作為向我方试探；盖此人掮客气相当重，以為苏先接受要求，我方為了争取他，亦将欣然接受，于是他可左右逢源也。）我方（今日上午与我院座谈之戏剧家）未作表示。今日下接见时，也露此意，我方仍顾左右而言他。（他说回国后将寄些巴西剧作家的作品来，以备我们应用；我答以彼此交换资料甚好，我方也可送他些剧本，已译为英、法文的。）接着就谈别的事，他要来重拾话题。但在告辞时，他对李健吾（上午曾和他会谈之一人）说，李送给他的中国作家的剧本，他回国时看了如见上演可能，则将给巴西戏剧工会的剧团演出云云。似乎他暗示彼此上演应相拟互惠原则，否则他误以为我方送书，乃無已要上寫之瞎宗，真所謂以己之心度人也。五時許返家。晚閱電視一小時許，又閱書至十時，服藥二枚，於半小時後入睡。

九月十日 陰，半日時晴，無風，如昨日。

今晨二時半醒來，加服一枚，仍有不能再睡之勢，乃加服紅色膠囊一枚，於三時許入睡。六時許醒來，又朦朧至六時半起身。做清潔工作及家務勞動一小時。上午閱報、參資、處理雜七事，中午小睡一小時。下午二时十五分赴民族文化宫，为庆祝朝鲜人民民主主义共和国成立十五週年之朝鲜电影週开幕式於此举行。会后放映朝鲜电影女教师。五时许返家。晚阅电视至十时，服药二枚，又阅书至十一时许入睡。小钢小宁在家晚饭。

九月八日，阴，有时晴，有风此晴，温度亦如昨。

今晨第一次醒来已近五时，后又睡至六时半起身。做清洁工作支家务劳动一小时。上午

阅报，参演，中午小睡一小时，下
午阅书刊，晚七时赴人大会堂
出席庆祝朝鲜国庆十五周年
之大会，九时半返家，服药二枚，
阅书至十二时许入睡。
今为星期，景曼、纲、宁
均在家晚餐。中宁进景山学校
中学部已一週。
九月九日，晴，多云，气
温廿七度，十七度，但实较闷热。
今晨三时醒一次，五时半又
醒，即起身，做清洁工作及家

务劳动一小时。上午阅报、参资、
处理雜公事。中午小睡一小时。
下午阅书刊，四时半赴保加利
亚大使為保國庆十九週年举
行之酒會，五时半，自保大使
館赴北京飯店，出席朝鮮臨
时代办為庆祝朝鮮人民民主
主义共和國成立十五週年之冷酒
會。七时三刻返家。服藥二枚，
阅书至十二时许，尚不能入睡，乃
加服红色膠囊一枚，约半小
时后入睡。今夜颇闷热。

九月十日，陰，午后二时许，风雨，雷，约一小时止，如昨。

今晨四时许醒来，到冷々然，但转辗未能再睡。加服以一枚，仍未能睡，只朦胧未睡而已。八时半起身，做清洁工作半小时，家务劳动半小时。上午阅报，参资，处理杂事。中午少睡一小时。下午阅书刊，处理杂事。晚七时赴青年戏剧院看新排话剧《迎春花》（此为山东话剧团根据冯德英同名小说改

編，青氣可耻此段刪本揶揄），
十时半返家，服藥二枚，十一时
未入睡。
九月十二日，陰，氣廿六度、
十九度。
今晨五时許醒來，後又睡一
小时許，六时半起身。做清洁
工作及家務勞動一小时。上午閱
报，參資。處理雜務事。中午小
睡一小时。下午處理雜務事，閱
書刊。晚閱電視半小时，又閱
書至十时服藥二枚，於十一时
許入睡。

九月十六日，阴，早晨有毛毛雨，小风，冷昨。

今晨三时醒来，五时许又醒，这来前酣睡，六时起身，做清洁工作及家务劳动一小时。上午处理杂事，阅报，参资。中午小睡一小时。下午处理杂公事，阅书刊，晚七时到文联看农村文化工作队辽宁队的演出。看了李超编的独幕话剧，相声等，九时返家，又阅书至十时，服药二枚，於十时许入睡。

九月十三日，晴，多云，少风，廿九度，十七度。

今晨六时以前醒过两次，六时半起身，做清洁作及家务劳动一小时。上午处理杂公事，阅报，参资。中午小睡一小时。下午覆信四封。改稿一件。阅书刊。晚阅电视至八时半，又阅书至十时，服药二枚，於十一时许入睡。

九月十四日，阴，后晴，多云，早五、七时下毛毛雨，少风，廿五度，十五度。

今晨三时醒一次，五时许又醒，即起身，做清洁工作及家务劳动一小时，处理杂公事，九时半赴北京站，为欢送刘主席一行赴朝鲜访问也。十一时出席国务院全体会议，一时许返家，阅报、参资。小睡一小时。下午续阅参资，处理杂公事。晚阅电视一小时，又阅书至十时，服药二枚，于十一时半入睡。

九月十五日，晴，有风，廿

〇度，十五度。

今晨五时醒来，加服以一枚，旋又入睡，八时许又醒，即起身，做清洁工作及家务劳动一小时。上午阅书，报，参资。中午小睡一小时，下午取寒衣。阅书。今日为星期，孩子们都在下午八时来。晚阅电视一小时，又阅书至十时服药二枚，又阅书至十一时许入睡。

九月十六日，阴，有风，冷

眠。

今晨六时半起身前，醒过两次，其间加服红色胶囊一枚，在三时许。做清洁工作及家务劳动一小时。上午处理杂公事，阅报，参资，到半时时辍停。中午小睡一小时，下午处理杂，下半到半辍可，晚阅书画十时，服安眠药二枚如例，十一时许入睡。

九月十七日，阴，有风，晨

度，卅四度。

今晨六时起身前醒过两次，加服M一枚，起身后做清洁工作家务劳动一小时多，例。上午处理杂七事。阅报、参资。中午小睡一小时。下午阅书，处理杂七事。三时半李超来谈一小时。晚阅电视一小时，又阅书至十时半服药二枚，十一时许入睡。

九月十八日，晴，小风，气昨。

今晨三时许醒后加服M

一枚、五时许又醒，此后迄不能酣睡、六时半起身，做清洁工作及家务劳动一小时。上午处理杂公事，阅报、参资。中午小睡一小时。下午处理杂公事，阅书。三时半，人民文学编辑部沈承宽来谈写稿事，四时许辞去。晚阅电视一小时，又阅书至十时许服药二枚，于十一时许入睡。于晚七时许至止患腹泻，原因为食醉蟹，曾服黄连素，但不到即止，一小时内

泻三时四次，至九时仍依然未止，
仅减少为一小时一次而已。我已
两食门量三醉蟹，幸而未泻，
但不知今夜如何耳！
九月十九日，多云，小风，甚
度，十二度。
今晨三时醒来，果然腹泻，
后来又泻过一二次，但已量少。即
服核霉素。此后未再酣睡。又
时许又泻少许。后此泻已止，
但肠胃不调。今日整天食
粥，午后饮牛奶，甚畏冷。上午

阅报、参、谈。中午小睡一小时。下午休息。腹泻已止。晚阅书至十时，服药二枚，约於十一时入睡。

九月二十日，晴多云，如昨。

今晨五时醒来即不能再睡，六时许起身，做清洁及家务劳动一小时。上午阅报、参、谈。中午小睡一小时。下午处理杂事，阅书。晚七时至文联礼堂看新片《野火春风斗古城》，根据李英儒小说改编，九时许返家，阅书至十时服药二枚，于十一时许入睡。

九月二十一日，晴，有风，廿七度，十度。

今晨三时醒一次，加服M一枚，六时许又醒，即起身，做清洁工作及家务劳动二小时。上午九时副部长们汇报，十一时完，阅报。中午小睡一小时，下午处理杂七事，阅参，资。五时半赴马里独立二周年之招待会于北京饭店。七时返家，七時半鋼琴老師已在家，九時許他們同去，閱電視至十時許，又閱書至十一時，服藥二枚，於十二時許入睡。

九月二十二日，晴，有風，廿七度，廿度。

今晨三時醒來，血不能睡，不得已服紅色膠囊一枚，四時許再睡，七時許醒來，做清潔工作及家務勞動一小時。閱報，參資，為不到紀面作詩兩首：

紅樓艷曲最惱神，

取次兴衰变幻频，几笔须眉皆狗彘，一行红粉诸瑰珍。机关算尽情凤姐，谲巧藏奸笑袭人。我每唯受膝拜者，欲从画里唤真真。无端歌哭若为情，好了歌残破夙因。岂有华筵终不散，徒劳空色指迷津。百家红学见仁智，一代奇书阅伪真。唯物史观燃犀烛，浮云净扫海天鹅。(画为十二钦、刘旦宅画，徐平羽嫣题词)。中午在全聚德便宴，除我家全家外，有琴秋、陈学昭、王宝瑚。六时返家。又阅美人资，睡至四时许。晚阅电视一小时。又阅书至十时，服药二枚，十一时许入睡。今日为星期。

九月二十三日，阴，傍晚有小雨，四级风，十四度，十五度。

今晨三时醒，即加服川一枚，於六时半又醒，即起身。做清

洁作及家务劳动一小时。因
自十九腹泻后遂未有大便，故
昨夜临睡时服轻泻药不
丸二枚。今晨七时许果然大便
了，但干的拉了以后继之以稀，
后来又拉了两次，每次皆稀
如水，而量又极少，腹痛。于是
不得不服核霉素矣。午后渐
止，腹中仍时有排动。上午偃
卧，阅报、参资，中午小睡一小
时，午后处理杂事，晚进
稀饭半碗，阅书至九时服药

二夜如例，於十时许入睡。

九月二十四日，晴，西北风四至五级，廿度，七度。

今晨五时许醒来，计已连睡六—七小时矣，故未能再睡，偃卧至六时许起身，做清洁工作及家务劳动一小时。昨日腹泻已止，腹鸣腹胀亦已基本消除，但仍食粥。上午阅报，参资，处理杂事。中午小睡一小时，下午阅参资，处理杂事，晚阅电视一小时，又阅书一小时，至十时服药二枚，于十时许入睡。

九月二十五日，晴，有风，廿三度，八度。

今晨三时醒一次，六时许又醒，即起身，上午做清洁工作及家务劳动一小时，处理杂事，阅报，参资，中午小睡一小时，下午阅书刊。㊃三时半赴机场，欢迎美国黑人领袖罗伯脱·威廉，（现居古巴），五时半返抵家。（飞机误点，迟到二十多分钟）。

晚阅電视一小时，又阅书至十时，服药二枚，於十一时许入睡。

九月二十六日，晴，大风，如昨。

今晨五时许醒来，即不能再睡，朦朦胧胧至六时才起身，做清洁工作及家务劳动一小时。上午阅报，参资，处理办公事。中午小睡一小时。下午阅书刊，处理办公事，五时半赴人大上海厅，参加欢迎罗伯特·威廉的宴會。九时返家。阅书至十时服藥二枚，於十二时半入睡。

九月二十七日，晴，有风，时有时雨。卅四度、九度。

今晨三时醒一次，五时又醒，即起身，做清洁工作及家务劳动一小时。上午处理杂公事，阅报，参消。中午小睡一小时。下午处理杂公事，阅书刊，晚阅电视至九时许，服藥二枚，又阅书至十时半入睡。

九月廿八日，晴多云，如

昨。

今晨四时许醒来，加服门一枚，仍又睡，五六时才醒，即起身。做清洁工作及家务劳动一小时，八时半理发。十时，处理杂七事，阅报，参资。（中午）一时赴车站参加欢迎刘主席访朝回来。下午阅参资。三时赴东郊机场参加欢迎日本工业展览会总裁石桥湛山等一行。五时返家。七时阅天桥看舞蹈剧巴黎圣母院首次演出。六时返家，服药二枚，又阅书一小时，於十时许入睡。

九月廿九日，阴，如昨。

今晨三时醒来，加服川剂一枚，六时半再醒，即起身，做清洁工作及家务劳动一小时。上午阅报参资，处理杂事。中午小睡一小时，下午为徐平羽之新出土秦汉瓦当拓本题作诗，当於明日题写。诗曰：秦汉瓦当新出土，满目琳琅充内府。造型古拙而雄伟，虎豹腾骧夔凤舞。离宫别馆竞奢华，雲阁千门与万户。雲鹤翩翩牡鹿娇，秦瓦当有雲鹤及鹿之形象甚多。宝莲轻倩承甘雨。又有莲蓬、莲瓣形者。飞鸿台上庆延年，三辅黄图载：长乐宫有鸿台，始皇尝射飞鸿于其上，故名。此瓦当作双飞鸿状，並列延年二字，别印飞鸿台之瓦当也。游猎羽阳闻夜弩。羽阳宫之瓦当凡数件。一自鲍鱼载咸车，此秦谁语出重

腐。篝火狐鸣大泽乡，江
东子弟转斯须。风云叱咤
沐猴冠，半席还传秦汉
祖。长乐未央说万年，与天无
极祈百祜。长乐未央，与天无极，皆汉瓦当。前
人发轫后人蹈，转眼无
衰何足数。汉祖唐秦皇
都已矣，琼楼玉宇成荒圃。
先民蔽術術，拄萬，千载况
埋谁复觑。春雷惊蛰震
神州，六亿人民今为主。

万般建设起身献，先破高山又水浒，两朝民自西翻身，敬献诸公勤稽古、东风骀荡兆黎欢，血拔乌帝虐北土。修正逆流炀大耳，革命怒潮汹涌连。……方风雨会中帅，壹马列呼旅鼓！

晚七时王和士参加欢迎巴西著名社会活动家路易斯、阿萨加、出。奥利维拉·莱特将军及夫人之宴会，九时到机场欢迎印尼及利亚政府代表团，十时许返抵家，服藥二枚，於十一时许入睡。

九月廿日，晴，上午有四級风，午後漸小。北向，廿度、九度、今晨三时醒後加服一枚，六时半又醒，即起身，做清潔工作及家务劳动一小时。处理杂事，阅报，十一时半，到人大新疆厅，参加欢迎阿尔及利亚政府代表团之宴会，一时半返家。小睡一小时。阅参資。晚六时半赴人大，参加招待外賓及庆祝十四週國庆之國宴。十二时许返家，服藥二枚，未中时即入睡。

一九六三年十月一日，晴，有东南风，廿度，九度。

今晨五时许醒来，又睡至七时许起身，做清洁工作及家务劳動一小时许。九时赴天安门，見参加观礼之小汽車等候進入劳動人民文化宫經此到天安门下观礼台者，排長蛇陣，直至东華门以东馬路，我車乃绕道從府右街方面進午门，十时庆祝典礼開始，十二时十分完畢。返抵家时，已十二时半矣。中午小睡一小时。下午阅报，今日不斜取门头道，拟说上午路不通行，这是笑话，只要绕道何處不能到了，此乃取巧偷懒耳。）晚七时携小钢等到天安门楼看烟火及崑政文工团之表演，有风，甚冷。十时许返家。服药三枚，阅书至十二时半入睡。

十月二日，晴，多云，有风，廿五度，十二度。

今晨三时醒一次，加服一枚，六时又醒，即起身，做清洁工作及家务劳动一小时。上午阅报、刊，處理雜事。中午小睡一小时。

下午阅书。三时赴几内亚之独立五周年招待会，七时半返家，阅电视至十时许，服药三枚，於十一时半入睡。

十月三日，晴，西北风，五六级，十八度，十二度。

今晨五时许醒来，加服眠尔一枚，又睡至七时起身，做清洁工作及家务劳动一小时。上午阅报，刊。处理来信。中午小睡一小时。下午阅参资。晚七时半在怀仁堂看云南省京剧团一团演出战洪州（关肃霜主演），十时半返家，服药二枚，又阅书至十二时许入睡。

十月四日，晴，大风，十六度、廿度，始见轻微霜冻。

今晨五时许醒来，至六时再酣睡，朦胧至七时半起身。做清洁工作及家务劳动一小时。上午处理杂事，阅报，参资。中午小睡一小时。~~下午二时半赴机场迎接布什政府代表团访华（首次接待国家。~~）下午处理杂家事，阅书刊。晚七时赴剧院为庆祝日本工業展覧會在京開幕之宴會、九时返家、服藥二枚、又閲书到十一时半入睡。

十月十五日、晴、大风、廿三度、七度。

今晨三时醒一次、加服川一枚、约半小时内又入睡、七时许又醒、即起身、做清晨及家务劳動一小时、八时许赴飛机欢送阿尔及利亚政府代表团、九时半返抵家、閲报、参資、处理雜事、中午小睡半小时、二时赴北京展覧館参加日本工業展覽會之開幕儀式，並參觀展品，五時返家。七時赴日本工業展覽會總裁石橋湛山之宴會，在北京飯店，約千人，（由日方主持），氣氛極為熱烈。九時返家，又閱電視至十時半，（轉播日本蕨座民族歌舞團之演出），服藥二枚，閱書至十一時入睡。

十月五日，晴，大風，零度五度。

今晨四時許醒後即不再能酣睡，朦朧至六時半起身，做清洁工作及家务劳动一小时。上午阅报、参资。连日未有大便，今日午饭后腹胀甚，后来大便了。因此中午未即小睡。下午阅书刊。晚七时半赴首都剧场看日本巌座民族歌舞团的演出。十时半返家，服药三枚，阅书至十二时许入睡。

十月十一日，晴，有风，廿四度，七度。夜间有小雨，不知何时始何时止。晨醒起见阶石犹湿。今晨三时许醒来，加服川一枚，后又睡至七时许起身，做读诗作及家务劳动一小时。

為藏座歌舞团写西厢月音：

舞袖轻持雪裏，嗟歌委宛波迴，飾腰投足起风雷，燒令人凋睡纖。 者番芝蘭幽秀，前孙松栢崔嵬。為君高举夜光杯，浩气沛然宇内。

上午阅报、参资。中午小睡一小时。下午处理杂公事，晚阅书至九时服药二枚，又阅书至十时半入睡。

十月八日，阴，时有阳光，有风，四级，廿度，七度。

今晨二时醒来，加服门一枚，四时

又醒，此後未能酣睡，六时半起身，
做清潔工作及家务勞動一小
时。上午处理雜七事，閱报，參
資。中午小睡一小时。下午覆信
三封。处理雜七事，晚七时赴民
族文化宮看印尼文化協會歌
舞團表演，十时許返家，服
藥二枚如例，於十一时許入睡。

十月九日，晴，如昨稍暖。

今晨二时許醒來，加服江
色膠囊一枚，五时許又醒，

又睡至六时半起身，做清洁工作及家务劳动一小时。上午处理杂公事，阅报，参资。中午小睡一小时。下午处理杂公事，五时，马彦祥来谈剧本评奖事。晚阅电视半小时，又阅书至十时，服药三枚，于十一时许入睡。

十月十日，晴，多云，有风，廿度、十度。

今晨二时醒来，加服药一枚，五时许又醒一次，六时半起身。

做清洁工作及家务劳动一小时。九时至文化部召開戲剧剧本評獎委員會第一次會议。十一时二十分赴車站欢迎尼泊尔文協主任。中午小睡一小时。下午二时赴人大礼堂参加反对美帝國主义、支持美國黑人反对種族歧視鬥爭大會。五时半返家。晚赴四川飯店宴請尼泊尔文協主任沙姆。按此人曾為尼外交大臣，自吉里上台後罷去，去年曾作為尼國王的特別大使訪問中國，年事尚輕。九时許返家。服藥二枚，久久不能入睡，閱书又换被子（原来的被子们太厚）方于翌晨一时许入睡。

十月十二日，阴，小风，廿二度——十二度，夜有雨，不大，去不知何时止。

今晨五时许醒来，即未再酣睡，朦胧至五时半起身，做清洁工作及家务劳动一小时。上午处理杂事，阅报、参资。中午小睡一小时，下午处理杂事，阅书。晚阅电视至九时，又阅书至十时，服药二枚，又阅书，直至十二时半入睡。

十月十二日，阴，后晴，有风，
四、五级，十八度、七度。
今晨五时半起身前，醒过
两次，做清洁、作及家事
劳动一小时，上午处理杂公
事，阅报、参资。中午小睡一小
时，下午处理杂公事。三时半赴
外办会客室，陪客一接见尼泊
尔客人沙阿，陪见。五时半返家。
晚阅电视至十时，服药后较
安例，又阅书至十二时半入睡。
十月十三日，晴，有风，四、五级，

二十度，八度。

今晨三时许醒一次，五时许又醒，六时再酣睡，朦胧半小时后即起身。做清洁及家务劳动一小时。七时十五分赴机场送屈伯伯家人，原定八时起飞，但因一些行李不知何人之物及货包装机迟了，直至八时半家人始上飞机。九时返抵家。至今日已三日未有大便，腹胀难忍，屡次临厕，都未解下。不得已乃灌肠一次，解出粗如香蕉者一大段及略细如盘腸者一堆，腹脹稍可，然仍未全然舒畅也。上午阅报，中午小睡一小时，下午阅参资。今日為星期，晚六时赴新僑飯店，為参加欢迎印尼人民文化協會代表團歌舞團之晚會，九时许返抵家，阅书至十时半服药二枚，又阅书至十二时半入睡。

十日 雲，晴，東風，廿一度，七度。

今晨五时许醒来，因又腸泄至六时半起身，做清洁工作文家务劳动一小时。今日仍然腹胀，气体甚多。上午处理杂事，阅报、参资。中午小睡一小时。下午三时赴北京医院诊病，看中医，处方五天量，拟调服后腹胀便秘当可小瘳，并订下星一再去覆诊云云。五时许返抵家。晚阅书至八时服中药，又阅书至十时服药之数如例，于十时半入睡。

十月十五日，上午阴，午后放晴，四级风，二十度，八度。

今日於四時醒來的，因由此咳
甚，我亦未有再熟睡，朦朧至
七時許起身，做清潔及家
務勞動一小時，由此因輕聽人
言，某中醫所治支氣管炎甚
好，上星期即去和診，但第二次
去時，該大夫即謂一經他的病情複
雜，我只得摸索，前日第三次去
診，換方（摸索），服藥即不靜
適，昨日起，咳轉甚，昨夜徹夜
大咳，不能睡，今早喉嘶啞然
於先哉，於是她大懼，當有藥

二服，不敢再用。我服中药后颇见效。但尚未大便。上午处理杂公事，阅报、参资，中午小睡一小时，下午处理杂公事，阅书。晚阅电视至九时，服药二枚如厕，又阅书少许，於十时半入睡。

十月十六日，晴，四、五级西北风，十七度、四度。

今晨三时醒来，加服门一枚，六时许又醒，即起身，做清洁作及家务劳动一小时。上午处理杂公事，阅报，参资，中午中睡一小时，下午阅书，處理雜公事，晚阅電視一小时，又阅书至十时服藥二枚为例，於十一时许入睡。

十月十七日，晴，西北风三、四级，十七度、一度。

今晨三时醒后又睡，六时许又醒，七时半起身。做体操及家务勞動一小时。上午處理雜公事，阅报、参资。十一时赴中國佛教協會歡迎亚洲十國、地区佛教徒會议的法师

居士的宴會，我坐在第二席，
皆為居士用葷，但第一桌想
必用素，因其皆為法師也。下
午所有宴畢，返抵家已二時。
休息一小時，未能入睡。下午處
理雜事，閱報刊。晚閱電視
一小時，又閱書至十時服藥二枚
照例於十二時許入睡。
今日為第三日未有大便，臨
睡前解出少些，成顆，大如栗。
腹脹稍可，昨夜服表飛
鳴，因西醫言此與中藥同時
服，並不沖突。我因思試驗中

药之效果究有多大，故日来均
与服中药也。

十月十八日，晴，风向，温度
均昨。

今晨三时醒一次，旋又睡，八时许又醒，甚倦，仍欲再睡，但已不得不起身。做清洁工作及家务劳动一小时。上午处理杂公事，阅报，参资。中午小睡一小时。下午处理杂公事，阅书刊。晚阅电视一小时，又阅书至十时，服药之后，於十一时许入睡。

十月十九日，晴，四级北风，十九度、七度，今晨三时醒后，又睡至五时，此后未能再睡，六时半起身，做些清洁工作及家务劳动一小时。上午阅报，十时，副部长们来汇报，十二时毕，中午午睡一小时。下午处理杂七事，阅参资。晚阅电视至十时半，服药二枚，又阅书半小时入睡。

十月二十日，晴，三、四级北

风，十九度，〇度。
今晨仍然三时醒一次，五时许又醒，六时半起身，做广播操及家务劳动一小时。上午阅报，参看，十一时赴宗教事务局为欢庆祝亚非十一国家及地区佛教徒会议圆满成功之午宴，二时许返家。三时又赴北京各界庆祝佛教徒会议之大会（在政协礼堂），七时半返抵家。今日为星期。

以暑等都在家晚餐。晚间
電視至十时半，服藥二枚如
例，但窗外之地上直於十二时
許又鳴々，挖土、運土，（十时半
已停止），直至翌晨一时仍未
止，不得已乃加服红色膠囊
安眠藥一枚，约半小时入睡。

十月二十五日　晴，星期。

今晨三时許醒来，则窗
外之地上寂然无声，不知於
何时又停止矣。據此，则於今

夜間二、但昨夜自以又較佳，自延長兩、三小時，則不得其解。或者昨日為星期，白天有人來玩去了，未辦完畢當日之擾任務，故前夜工未補足乎？且看今晚如何？今晚如仍開工至午夜一二時，則明日不得不還移臥床矣。七時半起身，做清潔工作及家務勞動一小時，八時許赴北京醫院診病，仍為腸胃不調。九時半返抵家，閱報、參資。中午小睡一小時。

下午處理雜事。阅书刊。晚
阅书至十时，服药二枚，至十一时
又加服红胶囊麻醉药一枚，
旋即入睡。

十月二十二日，晴，二三级北
风后转南风。二十二度，三度。

今晨二时许醒来，闻窗外工
地上推土机鸣鸣作声。昨夜十一时
停工，不知何时又幹起来了。幸
而安眠药性未过，不久我即入
睡，四时许又醒，则工地上已寂
然无声矣。加服M一枚，又入

睡，㊃六时许又醒，六时半起身，做清洁工作及家务劳动一小时。七时视察国棉二厂，尽视察于上周六间始，我因种种原因，今始第一次视察也。十一时许返家。阅报。中午小睡一小时。下午处理杂事，阅参资。晚阅电视，又阅书至十时半，服药二枚安倒，此时窗外工地上已宛静寂，但至十二时许又鸣鸣（挖土机声）起来，而且我的卧室也微微震动，——此因挖土机作作处，离我卧室不过两丈而已，在此情况下，要加服以红色麻醉药一枚，仍不能睡，请问题，医说可以再加服一枚，试试看，但明天尚有会议，安眠药吃多了，第二天会影响脑筋，不得已以棉花塞两耳，似乎稍可，约半小时后入睡。

十月廿三日，晴，三两级北风，十九度，廿度。

约晨三时许，五时许各醒一次，六时半起身，做清洁作及家务劳动一小时。阅报，九时赴国务院出席全体会议。十二时返家。下午三时又出席国务院全体会议，六时许返家。晚七时十五分在人民剧场看京剧《梁红玉》。十时半返家。服药二枚，又加红色麻醉剂一枚，两耳塞棉花，约于十一时许入睡。

十月二十四日，多云转晴，四、五级西北风，十五度、〇度。

今晨仍然三时、五时各醒一次，六时半又醒，即起身。做清洁作及家务劳动一小时。上午阅报、参资。处理杂些事。中午小睡一小时。下午二时赴北京饭店向科学院哲学社会学部会议办事处报到。三时到东总布胡同作协接见日本老作家深尾须磨子，（已年六十九岁矣，谈吐如五十许人）。五时返家。晚在文化部中放映室看新片《金沙江畔》，（革命历史题材）。九时返家。

窗外工地上今晚寂然无声，想来挖土工程已告一段落也。服药二枚如例，十时半入睡。

十月廿日，晴，三、四级北风，十六度、一度。

今晨五时许醒来，以文腾腿五，六时许起身，做清洁工作及家务劳动一小时。覆信三封。阅报、参资。处理杂事。中午小睡一小时。下午阅书刊，处理杂事。七时赴朝鲜临时代办为纪念中国志

願軍抗美援朝十三周年而
举行之宴會，（在北京飯店），
九时半返家，服安藥二枚后，
倒下，於十二时許入睡，
十月廿六日，晴，三、四級，
十六度、四度。
今晨三时、五时各醒一次，七
时許起身，做清洁工作及家
务劳動一小时。九时出席科学
院哲学、社会科学学部擴大
會议，十二时返家，中午小睡一小
时，阅报，参資，下午三时又出

席上午之會议，六时返家。晚阅電视至九时，又阅书至十时，服藥二枚如例，于十一时许入睡。

十月廿日，晴，小风，十三度，五度。今日为星期。今晨一时、四时各醒一次，六时再醒，即起身。做清洁工作及家务劳動一小时，上午阅报，参資，处理杂事，今日始燒暖气。中午小睡一小时。下午阅报刊，覆信。晚阅電视一小时，又阅书至十时，服药二枚如例，于十一时许入睡。

十月廿日，晴，三四级风，十四度、一度。

今晨三时醒后，五时许又醒，不再能睡，朦胧至七时许起身。做清洁工作及家务劳动一小时。上午处理杂事阅报、参资。中午午睡一小时。下午处理杂事。阅书刊。晚阅书至十时，服药二枚于十一时许入睡。

十月廿九日，晴，二、三级风，
十六度，六度。
今晨四时许醒一次，后又朦
胧至六时许，即起身，做清洁
工作及家务劳动一小时。上午
处理杂公事，阅报、参资。中
午小睡一小时。下午阅书刊。晚
七时赴青年艺术剧院看
李双双话剧（尚未公演）。十时
许返家。服药二枚如例，至
十一时许入睡。
十月卅日，晴，二、三级风，

二十度、三度。

今晨三时醒一次，又睡至六时许再醒，六时半起身，做清洁作及家务劳動一小时。上午阅报、参資，處理雜事。中午小睡一小时。下午處理雜事。四时，西園寺公一與日本学生阿部洋子来谈一小时。六时出席日本工業展覽會為北京展出结束而举行之宴會，八时许散。晚阅電視又阅书至十时，服藥二枚，於十一时许入睡。

十月卅日，晴，气十九度，三度。

今晨三时醒来，久不能再睡，乃加服红色安眠药一枚，五时许又醒，旋又入睡，六时半醒，即起身。做清洁工作及家务劳动一小时。上午处理杂公事，阅报，参资。中午小睡一小时，下午阅书刊，六时五十分赴北京饭店，出席蔺汉晨為日本之書展覽會順利結束之慶功宴。十時許返家，服藥之後，於十一時許入睡。

一九六三年十二月一日，晴，北风，十七度、五度。

今晨三时醒一次，五时许又醒，此后未酣睡，朦胧至六时许起身。做清洁工作及家务劳动一小时。上午处理杂事，阅报、参资。中午小睡一小时。下午三时赴北影看新片《二月》（据柔石同名小说改编）。看后又交换了对此片的意见。（周扬、邵荃麟、夏衍等均在），我于五时半返家。晚七时赴首都剧场看话剧《三人行》，十时半返家。服药二枚，阅文件至十二时入睡。

十二月二日，晴，北风，十六度、二度。

今晨三时，五时半醒一次，六时许又醒，六时半起身，做清洁工作及家务劳动一小时。上午处理杂事，阅报、参资。中午小睡一小时。下午阅文件等等。晚七时半至文化部小放映室看纪录片，九时返家，九时半服药二枚，看书一小时后入睡。

十二月三日，上午有毛毛雨，小风，下午阴，少风，十六度，二度。

今晨一时许醒一次，四时许又醒，未再继续睡，五时许起身，做清洁工作及家务劳动一小时。上午阅报，参资。中午小睡一小时。下午阅文件。晚赴文联礼堂看云南京剧团彩排杜、姐、智取金刀。十时许返家。服药二枚后倒，於十二时许入睡。

十一月四日，陰，小風，十三度，五度。

今晨三时醒一次，五时许又醒，即起身。做清洁工作及家务劳动一小时。阅报，参资。处理杂事。中午小睡一小时。下午阅文件。六时半赴新侨饭店出席欢送日本歌舞伎座民族歌舞团之酒会，九时半返家。服红色胶囊安眠药一枚及小一枚，然而至十二时仍未能入睡，乃加服红胶囊一枚，十二时后始入睡。

十一月十七日，阴，大风，十二度，一度。

今晨四时许醒来，即不能再睡，朦胧至六时许起身，做清洁工作及家务劳动一小时。九时参观北京实验化工厂，十一时半返家。此厂为大跃进产物，全部机器皆自己设计制造。中午小睡一小时。下午阅报，参资，处理杂公事。晚阅电视至九时，服药二枚如例，于十时半入睡。

十一月六日，阴，小风，五度—四度。

今晨一时许、四时许各醒一次，七时半起身，做床法作及家务劳动一小时。阅报、参资，处理杂务事。中午小睡一小时。下午赴北京医院诊视，约一小时回来。阅文件、书刊。晚阅电视，又阅书至十时，服药二枚如例，半小时后入睡。

十二月十二日，大风，最高五度，晴，十二度，〇下一度。

今晨一时许，四时许又醒一次，六时又醒，即起身，做清洁及家务劳动一小时。阅报，九时三刻参观今成织缎厂，十时半返家。中午小睡一小时，下午阅参资。三时，叶君健来谈中国文学法文版及英文版明年选题，至五时辞去。六时赴苏联大使馆之庆祝十月革命四十六周年之招待會，七时半返家，又阅電视至九时半，服藥二枚安眠，阅书至十一时許入睡。

十一月八日，晴，三至四級風，十度，〇下二度。

今晨三时、五时各醒一次，七时許又醒，即起身，做清洁工作及家务劳动一小时，上午阅报，处理雜公事，阅参资，中午小睡一小时。下午阅文件、书刊，处理雜事。晚阅電视一小时，又阅书至十时

服药二枚，於十二时许入睡，

十二月九日，晴，小风，十度〇度。

今晨三时醒后，五时许又醒，此后未能酣睡，六时半起身，做清洁工作及家务劳动一小时，九时，王冶秋汇报访问日本情况，十时毕。阅报。中午小睡一小时。阅参资。下午三时赴政协听钱学森讲演现代科学技术诸问题。五时许未毕，余因五时半须出席柬国庆招待会，即返家。招待會在北京飯店，五時半開始，七時結束。晚間電視至十時，（似水長流電視廣播劇於八時半開始），服藥二枚，於十二時許入睡。

十一月十日，陰，大風，十度〇下二度，今日為星期。今晨五時許醒來，即未能附睡。朦朧至六時三刻起身，做清潔工作及家務勞動一小時。上午閱書報，參省。中午小睡一小時。下午三時葉以群來談一小時。他是參加科學院哲學社會科學學部擴大會議的。六時赴四川飯店，宴請朝鮮舞劇代表團一行五人，此蓋應我方邀請，來為我方所排朝鮮舞劇紅旗作顧問也。九時許返家，服藥三枚如例，於十一時許入睡。

十二月十三日，晴，五級風，八度

◎下四度。

今晨三時，六時各醒一次，六時

三刻又醒，即起身，做清洁工作
及家务劳动一小时。上午阅报，参
资，处理杂七事。中午小睡一小
时，下午三时赴政协出席首都
各界庆祝空军部队击落U2
飞机大会，四时散会，到人大
报到处报到，理发，於五时半
抵家。晚阅文件及书刊，於十
时服药三枚，十一时许入睡。
十一月十二日，晴，小风，十三
度，0度。

今晨二时、五时各醒一次，六时未又醒，即起身，做清洁工作及家务劳动一小时。九时部务會議，十一时畢。阅报、中午小睡一小时。下午阅參資、文件、處理雜七事，晚阅電视至九时，服藥二枚，又阅书至十一时入睡。

十一月十三日，晴，三、四级风，四度，二度。

今晨仍於二时、五时各醒一次。

五时许又醒，即起身，做清洁工作及家务劳动一小时，阅报、参资，处理杂事。中午小睡一小时。下午三时，上海萌芽编辑哈华来谈半小时。（萌芽将於明年一月复刊）。四时赴怀仁堂，听到主席对哲学社会科学学部会议（扩大）全体成员之报告。六时许返家。晚阅电视一小时，又阅书至十时，服药二枚，十一时许入睡。

十二月十三日，晴，大风，十二度，○度。
今晨仍然三时、五时多醒一次，六时许又醒，即起身，做清洁工作及家务劳动一小时。上午阅报，参资。处理杂公事，中午小睡一小时。下午阅文件等等。晚阅电视一小时，又阅书至十时服药二枚，十时许入睡。

十二月十四日，晴，小风，十二度，贰度。

今晨仍然三时、五时各醒一次，六时许再醒，即起身，做清洁工作及家务劳动一小时。上午阅报、参资、处理杂事，中午小睡一小时。下午三时赴人大参加最高国务会议。六时返家，晚阅电视至九时，服药二枚如例，於十时许入睡。

十一月十六日，晴，小雨，九度
〇度。

今晨仍然三时、五时各醒一次，七时许起身，做清洁工作及家务劳动一小时。上午处理杂七事，阅报，十时赴国务院出席全体会议，十二时返家。中午小睡二十分钟，二时[redacted]在部中接见新任阿巴尼亚(新)驻华大使邓雷盖一九五四年来此之责任大使参斯蒂·纳赛)、三时赴人大出席最高国务会议，六时返家。今日之最高国务会议为各民主党派及民主人士陈述意见。）晚阅電視一小时，又阅参考资料，十时服药二枚，於一小时後入睡。

十月十七日，大雾终日未散，入夜风，十四度，二十度。

今晨例於三时，五时各醒一次，六时半又醒，即起身，做清洁工作及家务劳動一小时，九时赴人大出席政協之小组會，（政協有幾今此值在人大開會、又聯值廿一也）、十時許赴政協出席閉幕式、十二時半返家、中午小睡二十分鐘、閱報、參資、下午三時出席人大大會、六時許散會、返抵家、則小鋼小寧已經來了、晚閱電視二七時、又閱書至十時、服藥二枚、於十一時許入睡、

十二月十八日、大霧上午陰始轉晴散、然而陰霾、有三四級南風、十一度、六度、

今晨仍然三时、五时各醒一次，六时许起身，做清洁工作及家务劳动一小时。上午处理杂公事，阅报、参资。中午小睡一小时，下午三时赴人大，五时许返家。晚阅书至十时，服药二枚如例，于一小时后入睡。

十一月十九日，晨大雾，至九时许消散，阳光灿烂，小风。如昨，今晨三时、五时各醒一次，七时又醒，即起身，做清洁工作及家务劳动一小时，上午处理杂公事，阅报，参资。中午小睡一小时。下午阅文件，处理杂公事。晚七时许赴天桥剧场看排演朝鲜歌舞剧红旗之预演。十时许返家，服药二枚，于一小时后入睡。

十月二十日，阴，上午有毛毛雨，三、四级风，十二度、○下二度。

今晨三时、五时各醒一次，七时许又醒，即起身，做清洁工作及家务劳动一小时，上午九时赴人大，出席政协文联组的会议，十二时许返家。人大山东组昨今两日均未开会，代表们各自阅读文件。中午少睡半小时。下午阅报，参资。处理杂务事。晚六时半赴人大宴会厅，出席陈总宴请阿富汗政府代表团之宴会。十时许返家。服药二枚，于一时后入睡。

十二月二十一日，阴，三级南风，傍晚有小雨，旋即停，八度，0度。

今晨三时、五时各醒一次，七时许又醒，即起身。做清洁工作及家务劳动一小时。八时许陪伯讷赴北京医院，因她昨夜起身时在院子里跌了一交，当时勉强忍住，昨夜痛转剧，今晨起坐维艰，故不得不求医也。外科诊断未曾傷骨，然毋须一星期方可无痛，三星期方能如平时。给了热敷藥。於九时半返家。上午处理雜公事，阅报，参资。中午小睡半小时。下午处理雜公事。四时许，阿梁来，知小钢又病了，此因上次发烧未全愈即去上学之故。为图上次争取少请一天假，以致此次不得不请四、五天假了。阿梁等当引以为戒。六时来赴天桥剧场，出席「红旗」舞剧开幕演出，十一时许返家，服药二枚于十二时许入睡。

十二月二十六日，晴，四、五级风，八度、○下四度。

今晨三、五时各醒一次，六时许又醒，即起身。做清洁工作及家务劳动一小时。上午阅报、参资，处理杂小事。中午小睡一小时。下午三时赴怀仁堂出席人大常委会，五时赴阿尔巴尼亚大使为纪念中阿建交十四周年举行之酒会。八时许散。顺道看了小钢，因为她病了，烧已退，似瘦些。返家后阅电视至九时半，服药二枚，又阅文件至十一时许入睡。

十一月二十三日，阴，二、三级风，

十二度，〇度。

今晨三时五时各醒一次，六时半起身，做清洁工作及家务劳动一小时。上午阅报，参资，处理杂事。中午小睡一小时。下午赴人大大會，陈毅副总理作関於外交政策及國際形势之报告，五时半散會。六时半赴朝鲜臨时代办为庆祝中朝经济文化合作協定签订十週年而举行之宴會，赴北京飯店新大樓。八时半席散，返

家。閱文件至十一時服藥二枚，於
半小時後入睡。今時細看尾地被刺身死。
十二月二十四日，晴，四五級風，
度，〇下五度。
今晨三時、五時各醒一次，七時
許再醒，即起身。三時醒後久久不能入睡，加服紅色膠囊一枚。
邵抗參今紀。做清潔工
作及家務勞動一小時。上午
閱報、參資。今日為星期，中
午小睡一小時許。下午閱文件
等等。四時許小鋼哥來。五時
半赴人大禮廳，阿富汗政

府代表團吉利宴會於此舉行也。九时许返家。服藥二枚，於十时许入睡。

十二月二十五日，晴，仍有四、五級北风，五度、〇下六度。

今晨三时、五时各醒一次，七时许又醒，即起身，做清潔工作及家务勞動一小时。上午阅报、参資。处理雜公事，中午小睡一小时。下午出席大會，七时返家。晚阅文件、书刊至九时，服藥二枚，十一时许入睡。

十二月二十五日，晴，多云，四、五级风，六度、〇下七度。

今晨三时醒一次，四时许大醒，此后未能酣睡，六时许起身，做清洁工作及家务劳动一小时，上午处理杂七事，阅报，参资。中午小睡一小时。下午出席政协大会，五时许返家。晚阅文件、书刊，十时许服药二枚，十一时许入睡。

十二月二十六日，晴，三、四级

风，七度、〇下五度。

今晨仍然三时醒一次，五时后未能酣睡，六时许起身，做清洁工作及家务劳动一小时。上午处理杂事，阅报、参资。中午小睡一小时。下午三时赴人代大会，五时许返家。晚阅电视一小时，又阅书至十时服药，夜十一时许入睡。

十二月二十八日，晴，二三级风，十度、〇下一度。

今晨四时许醒来，又朦胧至五时又醒，倦甚，然而不能再睡，朦胧至六时许起身，做清洁工作及家务劳动一小时。上午处理杂事，阅报，参资。中午小睡一小时。下午赴人大大会。五时半返家。晚阅电视一小时，又阅书、文件。至十时服药二枚，于十一时许入睡。

十一月二十九日，晴，四，五级

风，十二度。○下二度。

今晨二时半醒来，闷出汗

因腰痛（那天跌交的，敷背已一周，迄未见效，

呻吟不绝，起视尚无大变，乃

因咳嗽不畅，愈咳则跌伤之

处愈觉抽痛，于是不能安眠。

但深夜有何办法？！直至昕晨

乃医院覆诊，且请建议

电疗。因热敷所用之药同中药，未奏，共

味例桂皮，迄今无效也。象医三时半

去未即再睡，乃加服红运脚

囊安眠药一枚，半小时即始
入睡，但至六时许又醒，再
就躺着，然而不得不起身
了。做清洁工作及家务劳动
一小时。上午处理杂事，阅报，
参消，及工会发言稿。修协及人
十一时进行大会
发言，我的排列一处。发言者甚
多，稿已积寸许厚，都已利用
晚上时间看过了，但精采者
殊不多耳。少数精采者则
对我颇有所益，遇此皆不作

空谈，实际问题谈得多，经验弥足珍贵。若干专家发言，对建设各方面一专業之建议，但亦颇深入。中午小睡一小时。下午三时赴政协大会，五时赴阿尔巴尼亚大使之国庆招待会，去北京饭店，六时来廷家。晚阅电视一小时，又阅书至十时，服药二枚，十二时许入睡。

十二月廿日，阴，小风，二度。

○下四度。
今晨仍然三时、五时各醒一次。六时半起身，做清洁工作及家务劳动一小时。上午阅报、参资、大会发言等，处理杂务事。中午小睡一小时。下午二时半赴人大大会，五时返家。晚阅电视到九时，服药二枚如例，又阅大会文件到十时半入睡。

一九六三年十二月一日，陰，十八，六度、○下四度。

今晨四時醒來，計已連睡五小時許，此為年來罕見之好現象，偶然耶，厥後未酣睡，但總算是睡，六時許醒，七時一刻起身。做清潔工作及家務勞動一小時，昨晚天氣預報，夜間有小雪，晨視路面，殊不顯，上午閱報，參資，大會文件。今日為星期，大會休會。

中午小睡一小时。下午阅大會文件。四时半赴人大常委办公室，參政協常委將於五时在此開會，讨論法儀草案及提案審查意見草案也。五时半散會，並到新僵麗便飯后返家，时為六时。晚阅電視一小时，又阅文件至十时，服藥二枚，於十时半入睡。

十二月三日，晴，三、四級風，五度，〇下七度。

今晨〇时半醒来，四时又醒，

即半酣睡，五时许起身，做清洁工作及家务劳一小时多，因女工倒休，因而由他照顾尚未全痊也。上午阅报、文件（大会堂室）、参资、处理杂下来。中午小睡一小时，下午二时赴人大会（周总理及贺副总理作报告，六时半返家。晚阅文件，十时服药二枚，半小时后入睡。

十二月三日，晴，小风，七度、○下七度。

今晨仍然三时、五时又醒一次、

六时半起身，做清洁工作及家务劳动一小时。上午处理杂公事，阅报、参资。中午小睡一小时。下午三时赴人大开会，八时返家。今日之会通过决议、公报等，但临时加一项，即小平直讲中共中央刚收到的赫鲁晓夫来信，上月廿九日签发，并作详解，故散会时已为时。二届人大第四次会议即告闭幕。晚阅书到十时，服药二枚，於十一时半入睡。

十二月三日、晴、（晨大雾）、
三級风、四度、下午八度。
今晨四时醒来，又睡至六
时许又醒、六时半起身，做清
洁工作及家务劳动一小时。
处理雜事、阅报、参資。中
午小睡一小时、下午阅人大代表及政
协委员荐言。送回人大會议甲項
文件三種、（送人大常委办公厅）、
晚阅電視一小时。又阅书至十
时、服药三枚如例、於十一
时许入睡。

十二月五日，晴，晨大雾，三四级北风，四度，七度。

今晨仍然三时，五时各醒一次，七时半起身，做清洁工作及家务劳动一小时，阅报，十时赴国务院出席全体会议，十二时半返家，中午小睡一小时，下午阅参资、书刊，晚在文化部小放映室看上海新片"護青记"，只平平而已，九时半返家，十时

服药二枚如例，阅星火燎原第九册，至十二时半入睡，

十二月六日，是大雾，晴，三、四级西北风，五度，○下二度，

今晨四时半醒来，即不能再睡，朦胧至六时，索性倚枕阅书，七时半起身，做清洁工作及家务劳动一小时。上午阅报、参资，处理杂公事，中

午小睡一小时。下午阅书刊，覆信，五时赴芬蘭使館之國慶招待會，七时半返家，阅電視一小时，又阅书至十时，服药二枚后倒，于十时半入睡。

十二月十二日，晴，四、五级北风，三度，〇下十度。

今晨四时许醒后即因咳嗽，五时再睡，挨至六时许起身，仍做清洁工作及家务劳动一小时。八时赴北京医院，诊日体温稍高，喉部微红，九时许返家。医治之药乃银翘解毒丸三瓶、止咳水一瓶。上午阅报、处理杂事，偶咳，尚不甚剧。中午仅小睡半小时。下午咳转剧。晚阅电视一小时，但上床后咳更甚，服安眠药后仍不能入睡，又服江医药胶囊一枚，直至次晨一时许始入睡。

十二月八日，晴，小风，五度、
○下七度。
今晨四时许醒来，不耐再睡，计只睡三小时耳。仍剧咳。上午阅报，参资，中午睡二小时，但时时醒来，且有汗，有时又觉甚冷。下午咳稍可。阅书刊。晚阅电视半小时，又阅书至九时许，服安眠药如例，於十时许入睡。

十二月九日，晴，小风，五度、
○下七度、

今晨〇时醒来，又服红色胶囊一枚，四时许又醒，咳嗽稍可，但有盗汗，舌苔白，口苦，又朦胧一觉，六时许又醒，即起身，做清洁及家务劳动一小时。

上午阅报、参资，处理杂务，覆吴恩裕信并退还有关曹雪芹红楼梦资料贰册。此为吴手自辑存者，均报上及内部刊印资料。中午小睡一小时，下午三时接见匈牙利大使。四时李庭家。晚阅书至九时，服药二枚照例於十时半入睡。

今天咳嗽比昨天又好些，仍服清痰止咳丸及银翘解毒丸。

十二月十一日，晴，三四级西北风，四度，〇下八度。

今晨三时许醒来，加服红色胶囊一粒，旋又入睡，但五时许又醒，又睡至六时半，即起身，做清洁工作及家务劳动一小时。上午处理杂事，阅报，参资。中午小睡一小时，下午为

前身後刊稿写短文。晚須一
点时即畢，晚阅電視一点时，又
阅书至九时，服藥之後如例，於
十时半入睡。今日咳嗽如昨，
体温则已正常，仍服銀翹解
毒丸及止咳丸。
十二月廿日　晴，二、三級风，
二度、○下八度。
今晨四时许醒来，近五时再睡，
仍加服江膠囊一枚，六时半再
醒，即起身。做清洁工作一小时。
上午阅报、参資。續写短文、中

午也睡一小时，下午三时接见朝鲜寿剧代表团，他们刚从上海回来，不日将与我剧团共演「红旗」，担任剧中的男女两主角。四时辞去。晚阅電视至八时，又听广播「不许」，十时半服药二枚，十一时半入睡。

十二月十二日，晴，晨大雾，二三级风，六度，零下七度。

今晨三时许醒来，加服红丸一枚，六时又醒，头昏晕，但不能再睡。六时半起身。做清洁工作及家务劳动一小时。上午续写短文，处理杂小事，阅报、参资。中午小睡一小时，下午阅书刊，处理杂事。晚阅电视一小时，又阅书刊，十时服药二枚如例，十一时许入睡。

十二月十三日，晨大雾，至晚尚未全消。有风，四度、○下八度。

今晨三时醒后，加服红丸一枚，五时又醒，未能再度酣睡，六时半起身，做唐诗工作及家务劳动一小时。八时半，副部长们汇报。十时半散去阅报，参资。中午午睡一小时。下午阅文件，处理杂事。晚六时半赴天桥剧场看朝鲜演员与我演员合演红旗。九时半返家。十时服药二枚，阅书一小时入睡。

十二月十四日，晨大雾，十时许雾消。大风，丁度，〇下六度。

今晨仍然三时醒，即加服

红丸一枚与睡二小时后五时即
不能再酣睡，六时半起身，做
清洁工作及家务劳动一小
时。上午续写短文，阅报，参
资。中午小睡一小时。下午处
理杂事，阅报刊，晚阅电
视一小时，又阅书至十时，服药
二枚，於十一时许入睡。

十二月廿五日，晴，小风，九
度，○下五度。

今晨三时、五时各醒一次，五时后

未能酣睡，六时半起身，做清
洁工作及家庭务劳动一小时。
上午续写短文，阅报，参资。中
午小睡一小时。下午阅书刊。晚
阅电视至九时，服药二枚如例，
至十时半甚倦，然不能睡，十时
半加服红丸一枚，又阅书，至十二时
半入睡。

十二月十七日，晴，三、四级风，
五度，零下六度。

昨入睡后约二小时即醒，加服
一枚，又二小时又醒，时为今晨

四时许，此后又睡了一小时，即未能再睡。朦朧至九时许起身，[illegible]畢。做清洁工作及家务劳动一小时。昨咳嗽較劇。上午处理雜事。續写短文，僅成数百字即[illegible]畢，心煩，未能運思。阅報、参資。中午小睡一小时。下午三时接見挪威大使，渠將調回國，来辭行也。又續写短文数百字。晚阅书至十时，服藥二枚如例，十一时许入睡。

十二月十七日，晴，四、五级西北风，二度，〇下七度。

今晨四时许醒来，加服门一枚，六时许又醒，六时半起身，做清洁工作及家务劳动一小时。上午读四短文完。阅报，参资。中午少睡一小时。三时赴北京医院吊罗荣桓之丧。处理杂公事。返回国务院全体会议第一三八次会议所发之李富春关于一九六三年国民经济计划执行情况和一九六四年国民经济计划草案的报告（草案）、李先念关于一九六三年國家預算草案和預算执行情况、一九六四年國家預算初步安排的报告（草案），一九六三年國民经济计划的主要指標及其預计完成情况、一九六四年國民经济计划的主要指標、一九六三年國家預算草案和預计执行情况等四个文件（编號皆為○五○）、晚六时，副部长及司局長们在丰泽園為錢俊瑞餞行，錢举家南遷，将於後日成行也。八时许返家，阅電视辅摘評剧會计姑娘。九时未完。十时服药二枚为例，又阅书至十一时入睡。

十二月十一日，晴，三至四级风，四度、○下八度。

今晨三时醒来，加服冈一枚，五时又醒，旋又睡，六时半起身，做清洁工作，家务劳动一小时。上午校阅為前茅所写之短文，不知不觉写了八千字，下午付邮。阅报、参资。中午小睡一小时。下午处理雜云

事。阅书刊，晚阅电视一小时，
又阅书至十时，服药二枚以
例，於十一时许入睡。
十二月十九日，晴，小风，7度，
0下3度。
今晨仍於三时、五时各醒一次，
加服1/4枚，七时半又醒，即
起身。做清洁工作及家务
劳动一小时。上午阅王積賢
〔人民大学講师〕所编之现代文
学史讲義第二两章，阅报、参
资。中午小睡一小时，下午露

理杂七事。晚阅电视至九时，又
阅书至十时，服药二枚如例，於
十一时半入睡。

十二月二十日，晴，三、四级风，四
度至下八度。

今晨三时、五时各醒一次，加
服片一枚，六时半又醒，即起
身，做清洁工作及家务劳
动一小时。上午阅工作讲义第
三章，阅报，参资。中午小睡一
小时。下午处理杂七事。晚阅
电视，又阅书至十时，服药二

枚，於十一时许入睡。

十二月二十六日，晴，大风，八度

○下五度。

今晨仍然三时、五时两次醒一次，加服药一枚，六时半起身，做清洁工作及家务劳动一小时。上午处理杂事。九时至罗荣桓灵堂吊唁，阅报，参资。中午小睡一小时。下午续阅王著中国现代文学史提纲。晚阅电视一小时，又阅书至十时，服药二枚，於十一时许入睡。

十二月二十二日，晴，风，最高时达四级，六度，〇下五度。

今晨三时、五时各醒一次，加服门一枚，六时半又醒，即起身，做清洁工作及家务劳动一小时。上午阅报，九时半赴劳动人民文化宫参加罗公祭。十时半返家，阅参资。中午小睡一小时。下午处理杂事，六时赴新侨饭店，欢迎朝鲜舞剧代表团之酒会，有表演（中国演出），九时半始返

家，阅书至十时半服药二枚，
于十一时半入睡。
十二月二十三日 晴，寒，西北大风，
达六级，八度、〇下五度。
今晨三时五时各醒一次，加
服一枚，六时半又醒，即起
身，做清洁工作，收拾家务劳
动一小时。上午处理杂事，作
书与王积贤，言谭侯感。阅报、
参资。中午小睡一小时。下午处
理杂事，阅文件，晚阅书至十
时，服药二枚，于十一时入睡。

十二月二十四日，晴，大风，最高五度，最低〇下十三度。

今晨约二时、五时各一醒次，加服川一枚，六时半又醒，即起身，做康复操及家务劳动一小时，上午处理杂公事，阅报、参资，中午小睡一小时，下午阅书刊、文件，处理杂公事，晚阅电视至九时半，（播北昆新排鲁之血泪塘），服药二枚，又阅书至十二时许入睡。

十二月二十五日，晴，午前仍有四、五级，入晚渐小。○下五度，○下十六度，此为入冬来最冷之一日。

今晨四时许醒来，加服M一粒，六时半又醒，即起身，做清洁工作一小时。上午处理办公事，阅报，参资。中午小睡一小时。下午处理办公事，阅书刊。五时半赴东总布胡同，接见松冈洋子，六时半

宴松冈洋子於巴川饭店，西
园寺公一及夫人也出席，八时
半宴毕，返抵家已九时许。
阅书至十时半，服药二枚如
例，於十二时许入睡。
十二月二十三日，晴，有风，最
高五度，〇度，〇下十二度。
今晨三时，五时各醒一次，七时
半又醒，即起身，做清洁工作
及家务劳动一小时。上午处理
杂事，阅报，参资。中午小
睡一小时，下午阅书刊，晚

阅電视至九时，又阅书至十时，
服藥二枚，於十时许入睡。
十二月二十七日，晴，三、四级风
二度，○下九度。
今晨三时、五时各醒一次，但
五时以後未能再睡，朦朧至六
时方起身，做清洁工作及
家务劳动一小时。上午处理雜
事，阅报、参资。中午小睡
一小时。下午处理雜事，阅
书刊。晚阅電视至九时，又阅

至十时，服药二枚，十一时许入睡。

十二月二十一日，晴，六、七级风四度、〇下七度。

今晨三时醒，又加服用一枚，五时又醒，上厕，大便不畅，有血，以来未能酣睡，朦胧至七时起身，做清洁工作及家务劳动一小时，上午处理杂事，阅报，参资，中午小睡一小时。

下午处理杂事，阅书刊。

晚七时赴文化民族宫，文化部与民委在此联合举行少数民族文艺工作者联欢晚会，九时许返家。服药二枚，阅书至十一时入睡。

十二月二十九日，晴，三、四级风，〇度，〇下十一度。

今晨三时、五时各醒一次，因大便不畅通，服表飞鸣等西药二种，六时半起身，做清洁工作及家务劳动一小时。上午处理杂公事，阅报，参资。中午小睡一小时。下午阅书刊。今日为星期，晚阅电视至八时，又阅书至九时，于十时服药三枚，十一时许入睡。

十二月三十日，晴，三级风。○度，○下十度。

今晨三时，五时各醒一次，加服M一枚，六时许又醒，六时半起身，做清洁工作及家务劳动一小时。上时十时赴国务院全体会议。十时半返家。中午小睡一小时。下午二时半赴人大，出席庆祝吴玉章革命五周年大会，五时许返家。晚阅报、参资，又阅书刊至十时，服药二枚，于十一时许入睡。

十二月廿二日，晴，三、四级风，○度、○下十二度。

今晨仍于三时、五时各醒一次，加服门二枚，七时半又醒，即起身，做清洁工作及家务劳动一小时。上午阅报、参资、处理杂事。中午小睡一十时，下午阅书刊，晚六时赴作協之聯欢晚會。九时许返家，服藥三枚，於十一时许入睡。

『茅盾珍档手迹』系列丛书编辑委员会

图书在版编目（CIP）数据

茅盾珍档手迹．日记．1963 年 / 茅盾著；桐乡市档案局（馆）编.—杭州：浙江大学出版社，2011. 6

ISBN 978-7-308-08734-6

Ⅰ. ①茅…　Ⅱ. ①茅…　②桐…　Ⅲ. ①日记—作品集—中国—现代　IV. ①I216. 2

中国版本图书馆 CIP 数据核字（2011）第 100311 号